王様のプロポーズ

シルベル
――〈空隙の庭園〉の
データベース管理とセキュリティ制御を
行う人工知能。

『あらあら……いけない子ですねぇ。
シルベルが実体を持っていたら、
その若く青い猛りを鎮めてあげるのですけど』
「ど、どこ触ってんのよ!?」
不夜城瑠璃《ふやじょうるり》
——彩禍と兄である
無色を偏愛する〈庭園〉の魔術師。

「――魔女様！　むしピのカノジョの座を賭けて、アタシ様と勝負っす！」
鴇嶋喰良《ときしまくらら》
――魔術師専門動画サイト『MagiTube』の超人気配信者。
紫苑寺暁星《しおんじぎょうせい》
――魔術師養成機関〈影の楼閣〉の学園長。

「…………は？」
久遠崎彩禍《くおざきさいか》
──世界最強の魔女にして、
魔術師養成機関〈空隙の庭園〉
の学園長。

「ねぇ……アタシ様と一緒に、
新しい〈世界〉を作りましょ？」

「こう見えても尽くす女っすよー?」

CONTENTS

King Propose 2
crested ibis colors devil

王様のプロポーズ2
鴉羽の悪魔

橘 公司

ファンタジア文庫

3181

口絵・本文イラスト　つなこ

王様のプロポーズ

鴇羽の悪魔

King Propose 2
crested ibis colors devil

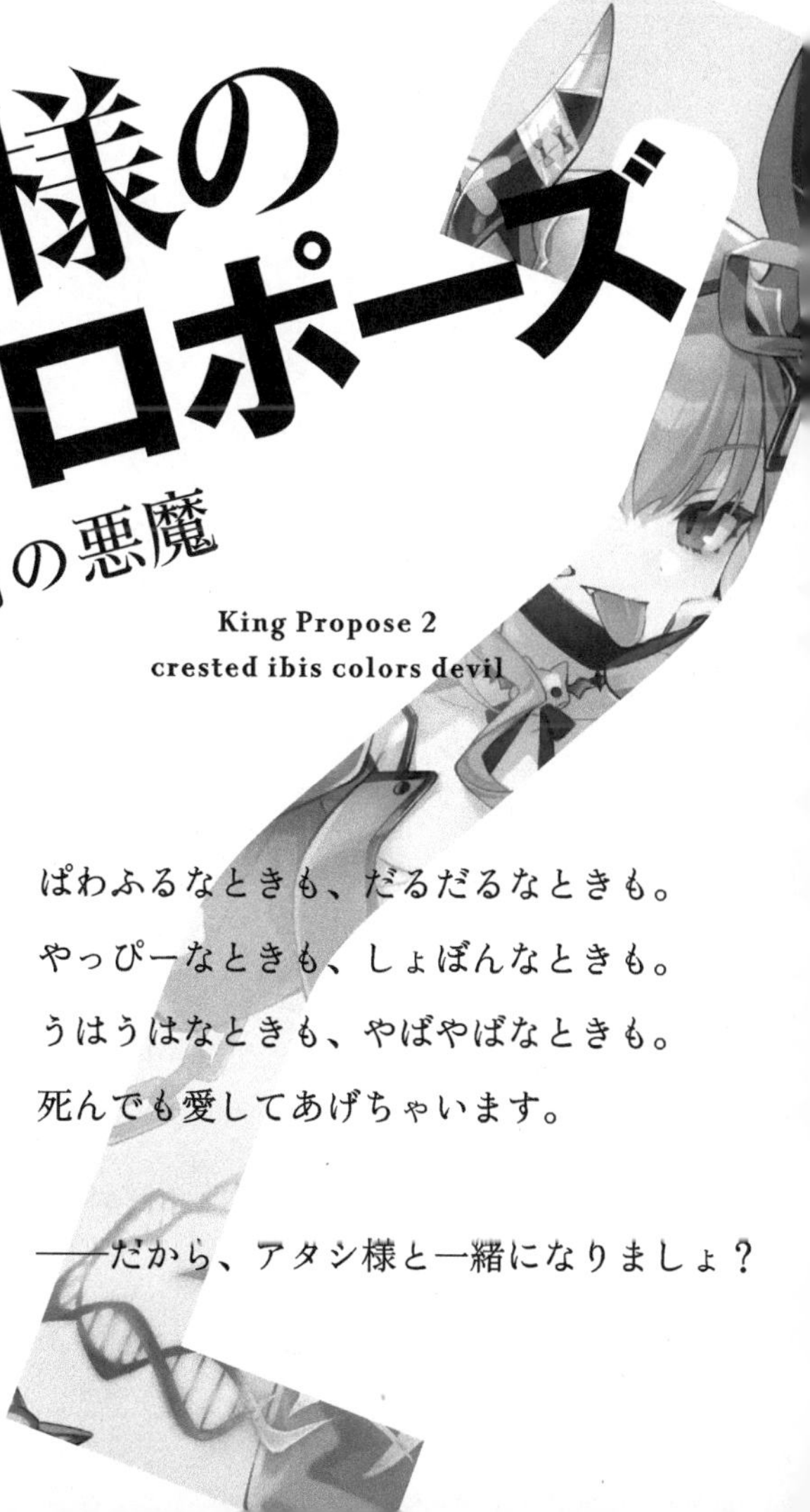

ぱわふるなときも、だるだるなときも。
やっぴーなときも、しょぼんなときも。
うはうはなときも、やばやばなときも。
死んでも愛してあげちゃいます。

――だから、アタシ様と一緒になりましょ？

序章　配信者クララ

――やっぴー！　クララちゃんねるの時間っすよー。

クララメートのみんな。今日もクラクラしちゃってるー？


はい、というわけでね。今日はちょっと変わった時間に放送っす。まあほら、アタシ様くらいになるとね？　いろいろあるんすよいろいろと。

はいはいコメントあざっす。

――ん？　なんで顔のアップばっかりなのかって？　あー、気づいちゃいました？

いやー、実はアタシ様、今ちょっと諸事情で、首から下なんも着てなくてですね。引きの絵にするとモザイク必須っていうか、問答無用でＢＡＮされちゃいそうなんすよねー。

おーっと？　信じてないな？

ほら肩！　なんもないっしょ？

は？　チューブトップでも着てるんじゃないか？

着てねーっつってんでしょ。おらじゃあギリギリまでいくぞギリギリまで。

——はいここ！　ギリセーフ！

セーフ……っすよね？

うおっと、えげつないスパチャの量が不安を誘うっす。


って、まあそんなことはどうでもいいんすよ。余計な話させないでほしいっす。

今日のテーマいきますよ。

はいズバリ、将来の夢についてっす。

いやね、やっぱり若人たるもの？　こう、目標に向かって邁進《まいしん》しなきゃなんないと思うわけっすよ。

……ん？　今さら真面目ぶるな？　全裸で話しても説得力がない？　早く前のゲームの続きやれ？　るっせー。たまにはこういうのもいいでしょーが。

ラチがあかないんでね。いきますよ。クララの将来の夢ベスト3ー！

第3位！　チャンネル登録者もーっと増やすこと！

第2位！　愛《いと》しの彼ピを作ること！

そして第1位はぁ——

第一章【衝撃】落ち物ヒロインなってみた

「──黒衣《くろえ》、これは〈庭園《ていえん》〉最大の危機だ」

「一体何があったのですか」

「窓に映ったわたしが美しすぎて目を逸《そ》らせない」

「それは大変です。窓ガラスと脳天、どちらをかち割れば解決するでしょうか」

玖珂無色《くがむしき》が真剣な調子で言うと、隣に控えた黒髪黒目の少女が、半眼を作りながら首を傾《かし》げてきた。

烏丸黒衣《からすまくろえ》。無色の──正確に言うならその身体《からだ》の──侍従を務める少女である。

言葉の内容自体は冗談めかしたものだったが、表情と視線、声のトーンが本気過ぎたため、妙な迫力があった。思わずたらりと頬に汗を垂らす。

とはいえ無色も、別に冗談や軽口でそんなことを言ったわけではない。彼にとってそれは、抗《あらが》いがたい事象に他ならなかったのだ。

二人がいるのは、魔術師養成機関〈空隙の庭園《くうげき》〉、中央学舎の最上階に位置する学園長室だった。

無色はその最奥《さいおう》に置かれた大仰な執務机の前に座りながら、黒衣の指示通り書類仕事をこなしていたのだが……ふと窓に目をやった瞬間、そこに己の姿が映り込んでいることに気づいてしまったのだ。

肩に煙る艶《つや》やかな陽《ひ》色の髪。黄金比などという言葉では表しきれない神域のバランスで構成された美しい面。そしてその直中に鎮座する、見る者全てを虜《とりこ》にするかのような妖《あや》しい魅力を帯びた極彩色《ごくさいしき》の双眸《そうぼう》。

そう。そこにあったのは、男子高校生・玖珂無色の姿ではなく、女神の如《ごと》き美少女の姿だったのだ。

それを目にした瞬間、無色はまるで心を矢で射貫《いぬ》かれたかのように、視線を逸らすことができなくなってしまった。嗚呼《ああ》、たとえるならばそれは——

「なんでもいいので、早くしてください」

が、黒衣はそんな思考を中断させるように、無色の頭をむんずと摑《つか》むと、ぐい、とその向きを前方に戻した。絹糸の如き髪が、その軌跡を描くようにふわりと揺れる。

視界から己の姿が消えると同時、ようやく身体が動くようになる。無色はほうと吐息を零《こぼ》した。

「すまない。助かったよ。ガラスの中のわたしと目が合った瞬間、身動きが取れなくなってしまってね……」

「メデューサにでもなられました？」

黒衣はやれやれといった調子で言うと、執務机の上に、新たな書類束を置いた。

「――それより、次はこちらをお願いします。

内容確認と署名《サイン》はこちらで済ませておきましたが、最後に魔力認証をしなければ先方に送り返せません。内在魔力の霊子配列は各人ごとに異なるため、これだけは彩禍《さいか》様のお身体にやっていただかなければならないのです」

言って、書類の下部を示してくる。

そこには達筆で、『久遠崎《くおざき》彩禍』の名が記してあった。

そう。――久遠崎彩禍。

この〈空隙の庭園〉の学園長にして、世界最強と謳《うた》われる魔術師。

それが、無色が今なっている人間の名だったのである。

今からおよそひと月前。無色は瀕死《ひんし》の彩禍と出会い、『融合』を果たしてしまった。

最強の魔術師が死んだと知られれば、世界への影響は計り知れない。そのため無色は『彩禍』として、この学園で生活を送っていたのである。この書類仕事も、彩禍としての活動の一環だった。

「ええと――認証というのは、どうすればいいのかな？」

無色が彩禍の口調で問うと、黒衣は文字の書いてある部分を指し示しながら続けてきた。

「魔力感応値の高い特殊なインクを使用しておりますので、名前の部分を指で軽くなぞってくださるだけで大丈夫です」

「ふむ。こうかな？」

言われるままに、無色は親指を紙に触れさせると、そのまま横に滑らせた。

すると無色が触れた文字が、一瞬極彩色に光り輝く。その幻想的な様に、無色は思わず目を丸くした。

「ほう、驚いた。綺麗《きれい》なものだね」

「はい。初めて目にされる方は皆驚かれます」

「あと『久遠崎彩禍』の文字を指でなぞるのはちょっと興奮するね」

「急に人類には早すぎる性癖をぶち込んでこないでください」

黒衣は睨《にら》むような視線で言うと、認証を済ませた書類を手に取り、その下に重なっていた次なる書類を指し示した。

「数が多くて申し訳ありませんが、こちらもお願いします。ここのところ立て込んでいたので、未処理のものが溜《た》まっておりまして」

「ああ、任せてくれ。――でも、少し意外だね。〈庭園〉の様子を見るに、こういうものは電子文書か何かで済ませてしまうものだと思っていたよ」

「非効率極まりないため、個人的には早くデジタル認証に移行してほしいのですが……伝統派の魔術師には格式を重んじる方がまだ多いので」

「そこは『外』と同じか」

無色が肩をすくめながら言うと、黒衣は小さく吐き捨てるように零した。

「全員彩禍様より年下なのに、頭が固くて困ります」

「はは――」

無色は苦笑しながら、次々に認証を済ませていった。

「――ん？」

と、幾枚目かの書類のサインをなぞったところで、無色は小さく眉を揺らした。

適当に流し読みしていた書類の文面の中に、気になる一文を見つけたのである。

「交流戦……？　なんだい、これは」

「はい。魔術師養成機関〈影《かげ》の楼閣《ろうかく》〉との交流戦です」

無色が言うと、黒衣が首肯しながら応えてきた。

その言葉に少しの驚きを込めながら、返す。

「〈庭園〉以外にも魔術師の学校があるのかい？」

「ええ。滅亡因子は世界中に出現しますので。日本国内だけで五つの養成機関が存在します。そして学生の技能向上および交流のために、定期的にこういった機会が設けられているのです」

「ふむ……」

考えてみれば道理である。無色は納得を示すようにあごを撫《な》でた。

と、そこでその紙面に記されているもう一つの事柄に気づく。

「随分と開催日が近いようだが……明後日《あさって》かい？」

「ええ、まあ。本来は先月までに返さねばならなかったのですが、いろいろあったので遅れてしまいました。――まあ、これに関しては書類は形式的なものです。準備は進めてありますのでご安心ください」

「ならいいのだが――」

黒衣の言葉に、無色は腕組みしながら返した。

するとその反応をどう受け取ったのか、黒衣は表情を変えぬまま続けてきた。

「ご心配なさらずとも、戦うのは代表に選ばれた生徒五名のみです。編入したばかりの無色さんが選ばれることはまずないでしょう」

「や、まあ、さすがにそこまで厚かましい心配はしていないが――」

言いかけて、無色は言葉を止めた。代表、という言葉に、とある人物の姿が脳裏を掠《かす》めたのである。

「もしかして、瑠璃《るり》は入るのかな？」

「まず間違いなく。騎士不夜城《ふやじょう》が五名の枠に入らないということはないでしょう」

無色の言葉に、黒衣が首肯してくる。

無色は感心するように「さすがだ」と息を吐いた。

不夜城瑠璃は、〈庭園〉に所属する無色の妹だ。生徒ながら、〈庭園〉最高戦力〈騎士団〉の一角に数えられる天才――という話である。自分のことではないものの、妹が評価されるのは素直に嬉《うれ》しい。兄として鼻が高かった。

と、そこまで考えて、小さく首を捻《ひね》る。

「……ん？　その口ぶりだと、まだ代表が決定されていないように聞こえるが」

「はい。代表生徒の選出は、交流戦の直前に、〈庭園〉の管理ＡＩが行うことになっています」

「随分と急だね。それでは練習や準備の時間が十分に取れないのではないかな？」

「対滅亡因子戦に、常に理想的なチームで臨めるとは限りません。魔術師に求められるのは、そのときの環境、状況への適応力です」

「――なるほど」

確かに、滅亡因子はいつ現れるかわからないし、そのときどんな状況に置かれているかもわからない。常在戦場。特別な準備などせずとも戦えるよう備えておくことこそが肝要なのだろう。

「――ともあれ、彩禍様にしていただくのは、歓迎式典への出席と試合観戦くらいのものです。あとはまあ、交流戦後にねぎらいの言葉を一言いただければ」

それよりも、と話題を変えるように、黒衣はその書類を取り去った。

「作業の続きをお願いします。早く終わらせねば、いつまでも『次』に移れません」

「ああ、うん。そうだね」

無色は素直にうなずくと、残った書類に記された署名を指でなぞっていった。

そしてそれからどれくらい経《た》っただろうか。無色の親指が少しヒリヒリしてきたところで、書類の山はようやくその姿を消した。

「――お疲れ様です。ではこちらは、関係各所に返送しておきますので」

「ああ、よろしく頼むよ」

無色が軽く手を挙げながら答えると、黒衣は書類を纏《まと》めたのち、無色の方に向き直ってきた。

「さて、では発動修練に移りましょう。――早速、準備をしてもよろしいですか？」

「ん……ああ、うん」

黒衣に言われ、無色は微《かす》かに緊張を滲《にじ》ませながらうなずいた。

発動修練とは、今魔術の主流となっている顕現術式の訓練のことだ。

そして『準備』とは、無色を興奮させて精神状態を乱し、魔力の放出量を急激に上昇させることによって、無色の身体《からだ》を、その訓練を受ける状態にすることに他ならない。

つまり黒衣の宣言は、これから様々な手練手管《てれんてくだ》を使って、無色を誘惑すると言っているも同然だったのだ。

黒衣はゆっくりとした足取りで、無色に歩み寄ってきた。

「…………っ」

微かに揺れる髪が、黒曜石のような双眸が、桜色の唇が、無色に近づいてくる。今までさほど気に留《と》めていなかった黒衣の身体の要素の一つ一つが、いやに無色の脳髄を刺激した。

「黒衣、一体何を――」

「動かないでください」

言いながら黒衣が無色の肩に手を載せ、身を寄せてくる。

「あ――」

一体何をされてしまうのだろう。頭中にめくるめく妄想が渦を巻き、無色は思わず息を詰まらせた。

すると黒衣はそのまま無色の耳に唇を近づけ、妖《あや》しく囁《ささや》くように言った。

「――さあ、無色。楽しい訓練の時間だ。わたしがたっぷりしごいてあげよう」

先ほどまでクールそのものだった表情には、どこか楽しげな微笑が浮かんでいる。――姿形が変わったわけでもないのに、別人になってしまったかのような調子だった。

「…………！」

その言葉が鼓膜を震わせた瞬間、無色は脳髄に電流が走るかのような衝撃を覚えた。心臓がきゅうと収縮し、身体中が熱を帯びていく。

やがて無色の身体がぼんやりとした輝きに包まれたかと思うと――その形が、先ほどまでとは異なるものへと変貌していった。

数瞬のあと。

〈庭園〉学園長室の大仰な椅子の上には、一人の少年が腰掛けていた。

色素の薄い髪に、中性的な面。身に纏った紫紺の制服までもが、男子用のそれへと変貌を遂げている。

そう。『久遠崎彩禍』が、『玖珂無色』へと、変身してしまったのである。

——一ヶ月前。無色は瀕死《ひんし》の彩禍と融合し、その身体と力を受け継いだ。

しかしそれは、無色としての身体が失われたことを意味するわけではなかった。

普段は彩禍の姿をしていても、その裏には無色の身体が存在している。そして無色が強い興奮を覚えると、身体が無色モードへと変身してしまうのだった。

「いくらなんでもちょろ過ぎでは？」

そんな無色の様子を見てか、黒衣がすっと目を細めながら言ってくる。

その表情と口調は、既に先ほどまでのものに戻っていた。

無色はほんのりと頬を染めながら、唇を尖《とが》らせるように返した。

「……彩禍さんに耳元で囁かれれば、そうもなります」

そう。実は烏丸黒衣という人間は、本来この世界に存在しない。

彼女は、死に瀕した久遠崎彩禍が魂の退避場所として用意していた、緊急用の義骸《ぎがい》だったのだ。

　つまりこの場には、無色と彩禍二人分の身体を持つ無色と、黒衣の身体に入った彩禍という、何ともややこしい状態の二人が存在していたのである。

「……今度からは、やる前に一言もらえますか？　こっちにも準備があるので」

「心の準備が必要ですか？」

「録音の準備です」

「相変わらずですね」

　黒衣は、呆《あき》れるように半眼を作りながら返してきた。

「まあいいでしょう。それより時間が惜しいです。早速訓練を始めましょう。――無色さんと彩禍様の身体は表裏一体。無色さんが死ねば、彩禍様の身体も死んでしまいます。万一のことが起きないよう、無色さんには最低限戦えるくらいの力を身につけておいてもらわねばなりません」

「はい。それはわかっています。――ところで」

「なんでしょう」

「彩禍さんの口調はあれで終わりですか……？」

　無色が名残惜しそうに言うと、黒衣は小さな吐息を零《こほ》した。

「無色さんの身体と同様、わたしの秘密も知られるわけには参りません。極力控えるに越したことはないでしょう」

「……そう……です……よね……」

「落ち込み方」

黒衣はやれやれといった様子で言うと、学園長室の奥に歩いていき、そこに設《しつら》えられていたドアのノブに手を掛けた。

「本当なら練武場を使いたいところですが、あそこはどうしても人目に付きます。彩禍様のお屋敷《やしき》の前庭がよいでしょう」

そしてそう言いながら、ドアを開ける。

その向こうには、美しい花壇や庭木に囲われた空間が広がっていた。

無論、ここは中央学舎最上階。ドアの向こうにそのような空間が広がっているはずはない。魔術によって空間が歪《ゆが》められ、〈庭園〉内の別の場所へと繫《つな》がっているのだ。

「無色さん、こちらへ」

「はい」

無色は短く、しかしはっきりと応えると、黒衣の背を追うようにしてドアをくぐっていった。

〈庭園〉北部エリアに位置する、久遠崎彩禍の私邸前。

精緻な細工の施された門扉《もんぴ》に、そこから延びる舗装路。立ち回りを目的として作られた場所ではあるまいが、初心者魔術師が修練を行うには十分に過ぎる広さだった。

「さて、では始めましょう。――早速、第二顕現を発現させてみてください」

黒衣が舗装路の上に立ちながら、促すように言ってくる。

「――はい」

無色はこくりとうなずくと、意識を集中させた。

「…………」

己の身体を構成する要素を繙《ひもと》き、繋ぎ合わせていくかのような感覚。足から腹へ。頭から胸へ。肩を通して手の先へ。全身を走査し、全ての力を一点に集中させる。

「……う、ぐ、ぐ……」

が、その右手には、一向に何も現れなかった。

やがて、黒衣が息を吐くのが聞こえてくる。

「……ふむ」

「おかしいですね。確かに無色さんは以前、第二顕現に成功したはずですが」

「……すみません。あのときは無我夢中だったので……」

無色の言葉に、黒衣は「ふむ」とあごを撫《な》でた。

「極限状態に陥ることによって、普段以上の力を発揮した——ということでしょうか。まあ、間々ある話ではあります。魔力は精神状態によって大きく変化しますので」

ですが、と黒衣は目を細めた。

「仮にも彩禍様の身体を有する以上、それでは困ります。安定して力を発揮することができてこその魔術師です」

「……はい」

無色が神妙な面持ちでうなずくと、黒衣は小さく吐息した。

「とはいえ、『やれ』と言うだけでできるなら、〈庭園〉など必要ありません。せいぜい鍛え上げてあげましょう。——覚悟はよろしいですね？」

「はい。この命に代えてでも……！」

無色が熱く返事をすると、黒衣は小さく肩をすくめた。

「心意気は買いますが、それは困ります。彩禍様も死んでしまいますので」

「あ……す、すみません。そういう意味では」

「わかっています。無色さんの熱意を疑うつもりはありません」

黒衣は首肯しながら言うと、指を一本立てた。

「先ほども申し上げました通り、無色さんは一度、第二顕現に成功されています。ということは、既に魔術発動に必要なものを備えているということです」

いいですか、と黒衣が続ける。

「顕現術式によって作り出される顕現体とは、いわば『無色さん自身』なのです。第一顕現〈現象〉であなたの中に存在する魔術効果のみを現出させ、第二顕現〈物質〉によって、それを物質として固定させるのです。顕現段階を上げることによって、『己』の範囲を外へ拡充させていくイメージです。──それを意識して、もう一度やってみてください」

「はい」

無色はこくりとうなずくと、再度右手に意識を集中させた。

「ぐぐ、ぐ……」

……だが、やはり無色の手の中には、何も現れはしなかった。

黒衣が、ふうと息を吐く。

「まあ、そんな助言だけでできるようになったなら世話はありません。あとは地道な反復練習ですね」

「はい……すみません」

無色が申し訳なさそうに言うと、黒衣は何かを思いついたように眉を動かしてみせた。

「あとは——そうですね。やや安直ではありますが、飴《あめ》を用意してみましょうか」

「飴……ですか？」

「ええ。要はご褒美《ほうび》です。少しは張り合いが出るかもしれません。

たとえば……もし第二顕現を発現できたら、無色さんの質問になんでも一つだけ答えてさしあげる——というのはいかがでしょう」

「あっ、できました」

黒衣が言った次の瞬間。

無色の右手には硝子《ガラス》のように透き通った一振りの剣が、そして頭上には、王冠の如《ごと》き二画の界紋《かいもん》が、それぞれ顕現していた。

「…………は？」

それを見て、黒衣が目を丸くする。あまり無色が見たことのないレアな表情だった。今手元にカメラがないことが非常に悔やまれた。

黒衣はしばしの間、まじまじと無色の剣を見つめたのち、何やら難しげに腕組みしてきた。

「……一応聞きますが、わざとではないでしょうね？」

「まさか。俺が黒衣に嘘《うそ》なんてつくはずがないじゃないですか」

「……ええ、そうでしょうね」

黒衣は納得を示すように、しかし何か腑《ふ》に落ちないものがあるような顔をしながらうなずいた。

「ところで黒衣」

「なんでしょう」

「なんでも一つって、本当になんでもですか？」

「なるほど。ご褒美しか頭にないようですね？」

黒衣は呆れを通り越して感心さえするかのような調子で言うと、気を取り直すように息を吐いた。

「まあいいでしょう。過程はどうあれ、第二顕現に成功したのは事実です。――いかがですか？　神秘をその手に握った感覚は。その剣が如何《いか》なるものか、自覚できておられますか？」

「彩禍さんの好みのタイプ……？　いや、もらって嬉《うれ》しいプレゼント……？　こんな機会は滅多にない。慎重に選ばないと……」

「聞いてください」

無色が真剣に考えを巡らせていると、黒衣は眉根を寄せながら言ってきた。

と、その瞬間である。

黒衣の服のポケットから、何やら軽快な音が鳴り響いたのは。

「おや――」

どうやらメッセージの受信音だったようだ。黒衣がポケットからスマートフォンを取り出し、画面に数度タッチする。

「ふむ……申し訳ありませんが、所用ができてしまいました。今日はここまでとしましょう」

「えっ――」

黒衣の言葉に、無色は思わず息を詰まらせた。それに合わせるようにして、第二顕現と界紋がふっと消える。

「ご褒美は有効ですのでそんな顔をしないでください」

よほど絶望的な顔をしていたのだろう。黒衣が呆れた顔を作りながら言ってくる。

「とはいえ、無駄にできる時間があるわけではありません。自主学習は怠らないようにしてください」

「それはもちろんですけど――具体的に何をすれば」

「授業で使っているタブレット端末に、魔術基礎のテキストがインストールされているでしょう。それを元に反復練習を行ってください。あとは、そうですね――」

黒衣は思案を巡らせるように人差し指をあごに当てながら続けた。

「立場上、積極的に推奨するわけではありませんが、最近はＭａｇｉＴｕｂｅ《マギチューブ》を参考にする生徒も多いようです」

「マギチューブ？」

聞き慣れない言葉に無色が首を傾《かし》げると、黒衣は軽く首肯しながら続けてきた。

「そういえば、ずっとバタバタしていたせいで、あまりアプリケーション関連の説明ができていませんでしたね。――今、スマートフォンはお持ちですか？」

「え？　あ、はい」

無色は小さくうなずくと、近くに置いていた鞄《かばん》の中からスマートフォンを取ってきた。

無色がもともと持っていたものではなく、〈庭園〉に編入することが決まったあとに渡された端末である。

普段はポケットに入れているのだが、さすがに訓練中は邪魔になるだろうと判断し、鞄に仕舞っていたのだ。

「アプリの一覧に、ＭａｇｉＴｕｂｅのアイコンがありませんか？　〈庭園〉で配布している端末には既にインストールされているはずですが」

「――あ、ありました。こんなのあったんですね……」

そういえば、あまり詳しく見ていなかったかもしれない。使っていたのはカメラくらいのものだった。

無色は、『M』の文字が図案化されたそのアイコンをタップした。するとそれを起点として、画面が展開される。

『MagiTube』のアイコンに、検索バー。そしてその下に、動画のサムネイルと思《おぼ》しき画像がずらりと並んでいた。

「なんか、動画サイトみたいですね」

「そのとおり。MagiTube。――魔術師専用の動画サイトです」

「魔術師……専用?」

無色が問うと、黒衣は画面を覗《のぞ》き込むようにしながら続けてきた。ちょっとドキドキしたが、それを口に出すと離れられてしまいそうだったので黙っておくことにした。

「そう。ご存じの通り、魔術師は秘匿存在。魔術や滅亡因子のことを大っぴらに話すわけには参りません。――とはいえ、この情報化社会の中、口頭や書面のみで情報共有を行うなど愚の骨頂です」

そこで、と黒衣は画面を示してきた。

「魔術師のみが利用できるWEBサービスを作成する運びとなりました。できることは『表』の動画サイトとさほど変わりませんが、秘匿事項に触れる内容を含んだ動画のアップロード、及びコメントの書き込みが可能となっています。――セキュリティに関してはご心配なさらず。運営会社の主要スタッフは全員魔術師です」

「はー……」

無色は画面をスクロールしながら感嘆するように言った。

確かに動画のサムネイルには、派手に魔術を使っていたり、滅亡因子と思しき怪物の姿が映っているものが見受けられる。中には、魔術の歴史や解説、効果的な練習法を扱っているものも多数あるようだった。

そこでようやく、先ほどの黒衣の言《げん》が腑に落ちる。なるほど、公式のものではないとはいえ、動画で見た方が直感的にわかりやすいことも多いだろう。

ちなみに個人的には、『呪文式魔術だけで滅亡因子倒してみた』の動画がものすごく気になった。……一体どうやっているのだろうか。

「自分に合った方法を試行錯誤するのも修練の一つです。思い立ったものは試してみるとよいでしょう」

「はい。わかりました」

無色が答えると、黒衣は大仰にうなずいたのち、「さて」と顔を上げた。

「――ではこちらへ。中央エリアまでお送りしましょう」

「あ、はい」

無色が黒衣の背を追うように前庭の舗装路を歩いていると、そこで不意に黒衣が、何かを思い出したように足を止めた。

「そういえば、無色さん。アプリの中に『コネクト』というものがありますね?」

「え? ――あ、ありますね。これはなんですか?」

「いわゆるＳＮＳ《ソーシャルネットワーキングサービス》です。ＩＤを交換した人同士で、メッセージやスタンプのやりとりや通話ができます。無論こちらでも、魔術関連の話をしていただいて問題ありません」

「ああ、なるほど。……でも意外ですね。魔術師っていうからには、もっと特別な手段で意思疎通してるのかと思いました」

「水晶玉や念話に頼るより遥《はる》かに効率的です。無論、特別な話をする際に使用することがないとは言いませんが、普段の会話に関しては、機械を使えば済むことにわざわざ魔力を消費する必要はありません」

「まあ、それは確かに」

なんだか以前にも似たようなやりとりをしたような気がする。無色はううむと眉根を寄せた。

「それで、そのアプリがどうかしたんですか？」

「ＩＤを交換しておきましょう。今後は、今までのようにつきっきりというわけにはいかないと思いますので」

「――えっ⁉」

予想外の言葉に、無色は思わず声を裏返らせてしまった。

「どうしましたか？　何か問題でも？」

「いや、そんなことは。でも……い、いいんですか？」

「これからは別行動も多くなるでしょうし、連絡手段は多いに越したことはありません」

「そ、そうですね。では僭越《せんえつ》ながら……」

無色は微《かす》かに震える手でスマートフォンを操作すると、指定されたアプリを開き、黒衣の画面に表示されたＱＲコードを読み取った。

軽快な効果音とともに、画面に『烏丸黒衣』のＩＤが表示される。

そしてそれと一緒に、『友だちに追加』のボタンが現れた。

「ひん……っ！」

「珍妙な声を上げないでください。一体どうしたのですか」

「いえ……ちょっと不意打ちに驚いただけです。是非、友だちから始めさせてください」

「言い方」

黒衣が半眼で言ってくる。

無色は万感の思いを込めて、『友だちに追加』のボタンをタップした。

「お、俺のスマホの中に……彩禍さんの情報が……」

無意識のうちに、目から頬に熱いものが伝う。無色はスマートフォンを胸に抱いた。

「もう……悔いは……ありません……」

「人生のハードル低すぎませんか？」

黒衣はため息交じりに言うと、スマートフォンをポケットにしまい込んだ。

◇

──無色と別れてからおよそ一〇分後。

「…………」

黒衣は、直立姿勢を保ったまま、〈庭園〉大図書館のエレベーターに乗っていた。

　エレベーターの中に黒衣以外の人間は見受けられない。けれど黒衣は、『烏丸黒衣』を演ずることを休もうとはしなかった。隙というのは意識の死角に潜むものであり、油断と過信はその範囲を広げてしまうと認識していたからだ。

『黒衣』が『彩禍』に戻るのは、その事実を知る無色の前だけでいい。それ以外の場所では、徹底して『黒衣』の面を被《かぶ》っていることが必要であると彼女は考えていた。

　まあ、こんなことを言うと、また無色が過剰に感激してしまいそうだったので、決して彼の前で言葉にはしなかったけれど。

　そんなことを考えているうちに、エレベーターが目的の階層まで辿《たど》り着く。軽快な音が鳴ると同時、扉がゆっくりとスライドしていった。

　示された階数は地下二〇階。特別な許可のある者しか立ち入ることの許されない――否《いな》、それどころか存在さえ知らされることのない、〈庭園〉大図書館の最下層であった。

　通称・封印区画。危険な物質や生物に封印処理を施し、保管しておく場所である。

　黒衣はスカートの裾を揺らしすぎないよう静々と歩みを進めると、薄暗い廊下を渡り、開けた空間へと辿り着いた。

　壁を埋め尽くす魔術文字に、金属製の重厚そうな門扉《もんぴ》。図書館の一室というよりは、何らかの儀式を行う祭壇、もしくは銀行の巨大金庫のような様相だった。

「——お待たせいたしました、騎士エルルカ」

そこにいた先客の名を呼び、恭《うやうや》しく礼をする。

「うん？」

すると名を呼ばれた魔術師は、意外そうな顔をしながら振り向いてきた。

インナーウェアのような軽装の上に丈の長い白衣を羽織った、小柄な少女である。ふわふわの猫っ毛を、特徴的な紋様の描かれた髪飾りで纏《まと》めていた。

年の頃は、どう贔屓目《ひいきめ》に見ても一〇代前半といったところだろう。少なくとも、このような重要区画に足を踏み入れることを許される年齢には見えなかった。

だが魔術師にとって、みてくれの年齢などさしたる意味を持たない。事実彼女も、〈庭園〉内では彩禍に次ぐ古株であった。

エルルカ・フレエラ。〈庭園〉医療部の責任者にして、〈騎士団〉の一角である。

「ぬしは確か——黒衣と申したか。わしは彩禍を呼んだつもりだったのじゃが……」

「はい。彩禍様はご多忙につき、わたしが用件を承《うけたまわ》るよう命じられました」

黒衣は短く答えた。彩禍の姿をした無色を一緒に連れてくれば面倒はなかったのだろうが、この封印区画には、その存在を認識しただけで精神にダメージを負う類《たぐい》のものも保管されているため、エルルカの用件がはっきりしない以上、無色を同行させるのはリスキーと判断せざるを得なかったのである。

「ふむ……」

エルルカは黒衣を値踏みするように矯《た》めつ眇《すが》めつ眺め回すと、やがてふうと息を吐いた。

「ま、よいじゃろ。彩禍が『ここ』への立ち入りを許したという事実が、ぬしへのこの上ない評価じゃ。わしとしては、用件が彩禍に伝われば文句はない」

「恐縮です」

黒衣は目を伏せ、丁寧に礼をした。

エルルカは〈庭園〉の魔術師の中でも古参中の古参だったが、こういったことに関して柔軟に対応してくれるだけの度量を持った人間だった。逆に言えばそんな彼女でなければ、彩禍と数百年もの間友人関係を保つことは困難だったろう。

「それで、騎士エルルカ。ご用件とは一体」

「ああ。――彩禍から使いを頼まれたということは、『ここ』がどんな場所か知っておると考えてよいの?」

「はい」

黒衣が答えると、エルルカは小さく首肯し、壁際《かべぎわ》に設《しつら》えられたコンソールのようなものに触れた。

すると、画面に幾つかの文字列が表示され、スピーカーから、少女のような声が響く。

『──はぁい。どちらさまですか？』

「エルルカじゃ。姉上、保管物Ｏ－08の閲覧を」

奇妙な呼称で以《もっ》てエルルカが言う。

とはいえ別に、通話口にエルルカの実姉がいるというわけではない。ここの管理者は少々癖があるのだった。

『ああ、エルちゃん。お疲れさまです。保管物Ｏ－08は最厳重封印物ですよ。閲覧には危険を伴う可能性がありますけど、大丈夫ですか？』

「構わぬ」

『了解でーす』

音声と同時、壁に刻まれた文字がぼんやりと光を帯び、部屋の最奥《さいおう》にある金属製の扉が、ゆっくりと開いていった。

「Ｏ－08──」

そんな様を見ながら、黒衣は微かに眉根を寄せた。

その管理ナンバーには、無論覚えがあった。この地下封印区画に収められているものの中でも、『最悪』に数えられるものの一つだ。一体エルルカはなぜそんなものを──

「――な」

扉の奥から、巨大な透明の封印晶が姿を現す。――魔術によって精製された、魔導物質封印用の人工鉱物である。

問題は、その中に収められているものだった。

エルルカの身の丈ほどもあろうかという、巨大な心臓。

それが、微かに脈打っていたのである。

「〈ウロボロス〉の心臓が、動いている……？」

黒衣が声に戦慄を滲《にじ》ませながら言うと、エルルカが腕組みしながらうなずいてきた。

「そう。滅亡因子〇〇八号：〈ウロボロス〉――かつて彩禍が打倒した、一二の神話級滅亡因子《マイソロジア》の一つじゃ」

――滅亡因子。

およそ三〇〇時間に一度現れる、『この世界を滅ぼしうる存在』の総称。

その危険度によって、災害級、戦争級、崩壊級、幻想級にランク分けされ、それに応じたクラスの魔術師たちが対応に当たるのが基本だ。

けれど、過去五〇〇年の間に、最高位である幻想級を遥かに超えた危険度を誇る滅亡因子が、一二例のみ確認された。

それが、神話級滅亡因子。

久遠崎彩禍でなければ打倒が不可能であったとされる、伝説的な脅威である。

ここに封印されていたのはそのうちの一つ、〈ウロボロス〉の一部であった。

「……彩禍によって打倒された〈ウロボロス〉の身体《からだ》が、こうして残っている理由は一つ。〈ウロボロス〉が、『不死』の権能を持つ滅亡因子だったからに他ならぬ」

エルルカが、微かな脈動を続ける〈ウロボロス〉の心臓を見つめながら、説明するかのように続ける。

もしかしたら、黒衣が彩禍にどこまでの事情を聞いているかわからないため、気を回してくれているのかもしれない。その意を汲《く》むように、黒衣は首肯してみせた。

「……はい。聞き及んでおります。彩禍様の術式を以てしても、唯一殺しきることが叶《かな》わなかった怪物。肉体の再生を防ぐため、その身体を二四に分割して封印を施し、世界各地に保管している――と」

「然《しか》り。じゃが、長らく仮死状態にあった『心臓』が、見ての通り脈動しておる。一体何があったのかわからぬが――尋常な状態でないことは確かじゃろう」

「…………」

エルルカの言葉に、黒衣は唇を噛《か》んだ。

その原因に、心当たりがあったのである。

そう。――他ならぬ、彩禍の死だ。

久遠崎彩禍は今からおよそひと月前、瀕死《ひんし》の重傷を負い、偶然その場に居合わせた玖珂無色と融合してしまった。

彩禍の術式を有した肉体の中には無色が宿り、彩禍の魂は、義骸《ぎがい》である人造人間《ホムンクルス》の黒衣の中に宿っている。

つまり今この世界には、身体と魂の揃《そろ》った完全なる『久遠崎彩禍』が存在しないのだ。

彩禍の力を以て施した封印に綻《ほころ》びが生じるのも、無理からぬことではあった。

「――仔細《しさい》、了解いたしました。すぐに彩禍様の指示を仰ぎ、再封印に移りましょう。並行して、他の封印箇所の確認も行うよう要請を出します」

「うむ。頼んだぞ」

「……はい。もしも今、彼《か》の滅亡因子が完全なる状態で目覚めてしまったなら、太刀打ちする術《すべ》はありません」

黒衣が独り言を零《こぼ》すように声を漏らすと、エルルカが不思議そうに首を傾《かし》げてきた。

「……？　異なことを言う。確かに特級の脅威には違いないが、一度は彩禍に敗れた敵じゃろう？」

「…………、そうでしたね。ですが、彩禍様は最近腕が鈍《なま》り気味ですので」

真実を伝えるわけにはいかないが、『最悪の事態に陥ったとしても彩禍がいる』と思われてしまうのも上手《うま》くない。黒衣は少し悩んだのち、その折衷として、冗談めかすようにそう言った。

するとエルルカが、ふっと微笑《ほほえ》みながら肩をすくめてくる。

「は。なるほど、それは由々《ゆゆ》しき事態じゃ。――まあどちらにせよ、細心の注意を払って対応する他ないの」

「……ええ、その通りです」

黒衣は、頬を伝う汗を隠すようにしながらうなずいた。

◇

黒衣と別れてからしばらくののち。

無色は中央学舎の裏手でベンチに腰掛けながら、魔術師専門動画サイト『ＭａｇｉＴｕｂｅ』の画面を眺めていた。

黒衣の助言通り、動画を有効活用するに当たって、まずはこのサイトの仕様や傾向を把握しておこうと思ったのである。

「ふむ……」

見たところ、作り自体は一般的な動画サイトと大差ないように思われた。動画のサムネイルが整然と並び、それぞれにタイトルや動画時間、再生数などが表示されている。

とりあえず試しに動画を見てみようと思い、メニューから人気ランキングを開く。すると一位から順に、動画一覧がずらりと表示された。

「ん？」

と、そこで気づく。

なんと週間ランキング一位、二位、三位の動画が、全て同じ投稿者によるものだったのである。

「クララちゃんねる……」

どうやらかなり人気のチャンネルらしい。配信者ランキングを見てみても、二位以下に圧倒的な差を付けて一位にランクインしていた。中には一〇〇万再生を超えている動画もちらほらとある。世界に魔術師がどれだけいるのかは知らなかったが、ユーザーが限られている中でこの数字は驚異的だろう。

黒衣の話によれば、動画を魔術学習の補助に使う生徒も多いとのことだ。これだけ皆の支持を集めているということは、よほどわかりやすい解説をしていたり、画期的な練習法を紹介していたりするのだろう。無色は期待を込めて、一位の動画をタップした。

『――やっぴー！　クララちゃんねるの時間っすー。

クララメートのみんな、今日もクラクラしちゃってるー？』

動画が再生される。配信者と思《おぼ》しき少女が軽快かつ軽薄な挨拶をしてきた。

顔をマスクで覆い隠し、耳を様々なピアスやイヤーカフで飾った派手な少女である。名前はチャンネル名と同じく『クララ』らしい。ややオーバーな身振りをしながら、こちらに語りかけるように話を続けていく。

『ちょっと聞いてほしーんすけど。アタシ様この前、フツーの動画サイト見てたんすよ。「外」の。誰でも見れるやつ。そしたらなんかね、「スライム風呂《ぶろ》入ってみた」みたいな動画があったんすよ。

ほえーと思って見てみたら、バスタブにドロドロのおもちゃ満タンにして、その中に入ってワーキャー騒いでるだけなんすよ。

――いや、ちょっと待てと。舐《な》めとんのかと。それのどこがスライムじゃいと』

そこで、パッと画面が切り替わる。

『てなわけで、錬金専攻のパイセンに無理言って作ってもらっちゃいました。――これこそが正真正銘ホンモノの、真・スライム風呂っす！』

言って、クララが後方にあったバスタブを示す。

——中に、うねうねと蠢《うごめ》くゲル状の『何か』が詰め込まれたバスタブを。

明らかに、尋常な物質ではない。水面《みなも》の波打ちは自然現象によるものではなく、餌を求める無脊椎《むせきつい》動物の如《ごと》き動きだった。耳を澄ますと、甲高《かんだか》い鳴き声のようなものまで聞こえるような気がした。

『ヒュウ……さすがホンモノ、オーラが違うっす。

あんまり強力にしすぎると滅亡因子認定されちゃうんで、だいぶパワーは落としてもらったんすけどねー……』

頬にたらりと汗を垂らしながら、クララが唇の端を歪《ゆが》める。

『しかし！　こんなことで怯《ひる》むアタシ様じゃないっす！

——うおおおお！　これがホントの「スライム風呂入ってみた」っすぅぅぅぅっ！』

クララは気合いに満ちた声を上げると、そのままスライムで満たされたバスタブにダイブした。

ばしゃんという音とともにゲル状の物質が激しく波打ち、バスタブの端から飛び出る。

が、それらは一滴も床にこぼれ落ちることなく、再びバスタブの中へと戻っていった。

そしてバスタブの中に侵入した異物——クララの身体を包み込むように、四方八方から絡《から》みついていく。

『おご……っ！　ばぶぁ——がぼぼぼ……っ⁉』

苦しげな声を上げながらクラがのたうつ。バスタブの中から、彼女の手や足が見えたり消えたりした。

『…………………』

やがてそんな声も聞こえなくなり、しばしの間沈黙が流れる。

だが——

『——ばはぁっ！』

無色が本気で心配になったくらいのタイミングで、バスタブの中から、ゲル塗《まみ》れのクララが浮上した。

『はぁ……っ、はぁ……っ！　ちょ、ちょっとヤバかったっすね……苦しいの通り過ぎてなんだか穏やかな感じになっちゃったっす……三途《さんず》の川ってあんなヌルドロしてましたっけ？

で、でも攻略したっすよ、真・スライム風呂。どんなもんじゃい。これが魔術師の心意気ってモン——』

と。クララが得意げに言おうとしたところで、クララの纏《まと》っていた服が、焼け爛《ただ》れたようにボロッと崩れ落ちた。

『みぎゃぁぁ――――ッ⁉　消化されかけてるっすぅぅぅぅっ⁉』

　クララが絶叫し、慌てて手足をバタつかせる。その動きに合わせ、どんどん彼女の白い肌が露《あら》わになっていった。

　ちなみにそのタイミングで、『※服だけを溶かすスライムを使用しています』との注意書きが画面に表示された。……よくわからないが、魔術師専門サイトには魔術師専門サイトのコンプライアンスがあるのかもしれなかった。

　その後しばしの間画面が暗転し、やがてバスタブから逃れたらしいクララが、肩で息をしている姿が映し出される。ちなみに纏っていた服はほとんどが溶け落ちており、あらかじめ中に着ていたと思しき水着姿になっていた。

『はぁっ、はぁっ……危なかったっす。偶然、対消化性水着を着てなかったら、またモザイク処理されるところでした。

　――というわけで、みんなも真・スライム風呂に入るときは服の素材に気をつけて欲しいっす。特にパンツは絶対っす。いやマジで。油断したら前も後ろもめっちゃ入り込んでくるんで。男の人もっすよ！　竿《さお》にも穴はあるんすからね⁉

　うんじゃあ、クララっしたー』

——というところで、動画は終了した。

「…………」

無色は、表情を困惑の色に染めながら額に手を当てた。

……いや、確かに魔術師特有の動画ではあったのだ。あのような生物など、『外』では目にしたことがない。

けれど待てど暮らせど、無色が期待したような魔術の使い方や習得法などの情報は出てこなかった。

「ええと……これは……」

「————のぁぁぁぁぁぁあああああああッ⁉」

と。

「……っ！」

瞬間、不意にクララの声が響き、無色は思わず目を見開いてしまった。

もしや、まだ動画が続いていたのだろうか。慌ててスマートフォンの画面に目をやる。

しかしそこには既に、次のおすすめ動画が表示されていた。やはり動画はもう終了している。

しかし、今の声は確かに——

「え……っ⁉」

そこで、無色は息を詰まらせた。

だが、それも当然だろう。

何しろ突然上空から――人間が降ってきたのだから。

「う――ッ、ぐぅぅぅぅ……っ⁉」

咄嗟《とっさ》に両手を前に出し、その人物を受け止める。

次の瞬間、ずん、という重みが、無色の腕に、肩に、そして腰にのしかかった。

さほど大柄な体躯《たいく》というわけでもないのだが、落下の勢いが加味されたことにより、想定以上の衝撃が無色を襲った。辛《かろ》うじて受け止められたはいいものの、そのまま身動きが取れなくなってしまう。

……まあ、〈庭園〉の実習授業にて基礎訓練を積んでいなかったなら、恐らくそのまま潰《つぶ》されてしまっていたに違いないことを考えれば、まだ幾分マシかもしれなかったけれど。

「あつつつ……失敗失敗――って」

落下してきた人影は目をぱちくりと瞬《しばたた》かせると、ようやく自分の現状を把握したかのように目を丸くした。

「うわぁぁぁぁ！　お姫様抱っこっすーっ！　マジかー！　こんなことあるー⁉」

そして、何やら興奮した様子で目を輝かせ、足をパタパタさせてみせる。

そのたび、既に限界に達しつつある無色の腰や手足の腱《けん》が、鈍く悲鳴を上げた。

「ちょ……あの……まず……下りて……」

無色が顔中に脂汗を浮かべながら呻《うめ》くように言うと、その少女は「あ、こりゃ失礼」と軽く言い、うんしょと地面に下りた。

「ふ……はぁ……っ——」

全身にのしかかっていた負荷がなくなり、ようやく不自然に固まってしまっていた身体《からだ》が動くようになる。無色はそのまま、ぺたんと地面に尻餅をついた。

するとそんな無色の顔を、空から降ってきた少女が心配そうに覗《のぞ》き込んでくる。

「あー……だいじょぶっすか、おにーさん？」

「あ、ああ……うん。君こそ……怪我《けが》はない？」

「はい！　おかげさまで元気いっぱいっす！」

などと大げさに言って、少女がビシッと敬礼の姿勢を取ってみせる。無色はとりあえずその返答に安堵《あんど》しながら、小さく苦笑した。

「……ん？」

と、そこで無色はぴくりと眉を動かした。

先ほどまで必死だったため気に留《と》める余裕がなかったのだが、改めて少女の容貌を目にしたところ、不思議な感覚が脳裏を掠《かす》めたのである。

派手な色にカラーリングされた髪を二つ結びにした、無色と同い年くらいの少女だ。つり目がちの双眸《そうぼう》に、特徴的なメイク。耳には幾つものピアスやイヤーカフが、じゃらじゃらと群れを成していた。耳にマスクを引っかけているのだが、謝辞を述べるのに顔を隠すのは無礼と思ったのか、本体部分は顎に引き下ろされている。露わになった形のよい唇の隙間から、尖《とが》った犬歯がちらと覗いていた。

……正直、首から上だけで情報量が多すぎる。じっと見ていると目がチカチカしてきそうな少女だった。

とはいえ、無色の脳裏を掠めたのは、そんな特徴的な容姿に対する違和感ではなかった。どちらかというと――既視感とでも言おうか。間違いなく初対面であるはずなのに、どこかで会ったことがある気がしてならなかったのである。

「あれー？　どーしたんすかおにーさん。そんなジッと見つめて。もしかしてアタシ様の魅力にクラクラきちゃいました？」

無色が無言で少女を見つめていると、彼女は悪戯《いたずら》っぽい笑みを浮かべながらそう言ってみせた。

「…………！」

その表情を見て、そしてその独特な一人称を聞いて、無色はハッと目を見開いた。

「……クララ？」

半ば無意識のうちに、その名が唇から零《こぼ》れる。

そう。間違いない。その特徴は、無色が見ていた動画の投稿者——クララちゃんねるのクララと同じものだったのである。

「はい、クララっす。よくご存じで」

少女がキョトンとした様子で言うと、まるでそれに合わせるかのようなタイミングで、ベンチに置いてあった無色のスマートフォンから、声が響いてきた。

『——みょわぁぁぁっ⁉　こ、この輝きはぁぁぁっ！』

どうやら、長い時間操作をしていなかったため、自動的に次のおすすめ動画が再生されていたらしい。画面に、派手なリアクションをするクララが映し出されていた。ちなみに動画のタイトルは、『魔術師専用オークションサイトで伝説の聖剣買ってみた』だった。

それを見てか、少女が目をキラキラと輝かせた。

「うっわマジか！　アタシ様の動画じゃん！　え⁉　もしかしておにーさん、アタシ様の動画見てたら空からアタシ様降ってきたの⁉　そんなコトある⁉　運命じゃん！　アニメの見過ぎじゃね⁉」

　と、テンション高く捲《ま》し立ててくる。

　奇跡的な確率であることには同意せざるを得ないが、アニメの見過ぎが原因かどうかは無色にはわからなかった。

「いやー……動画撮影中に落っこちちゃったと思ったら、こんな激レアさんに会えるとは、人間万事サイオーガアーマーっすねー」

　などと、感慨深げに少女がうなずく。

　最後の言葉もよくわからなかったが、それより気にかかることがあった。ぽりぽりと頬をかきながら尋ねる。

「撮影中に……って、一体どんな動画を？」

「『ド初心者が校舎屋上でパルクールやってみた』」

「蛮勇ぅ……」

　無色が渋面を作りながら言うと、少女はあっけらかんとした様子で笑ってみせた。

「あっはっは、まあここなら最悪怪我しても医療魔術師がなんとかしてくれるかなー、なんて。それにほら、スリルある動画ってウケがいいんすよ。玉ヒュンっつーんすか？　まあアタシ様残念ながら玉ないんでよくわかんないっすけど」

などと、ひとしきり笑ったのち。

「まあ、何はともあれ、おかげで命拾いしたっす。

――クララこと鴇嶋《ときしま》喰良《くらら》っす。よろしく」

言って、少女――喰良が手を差し出してくる。

無色は少し呆気《あっけ》に取られながらも、その手を握り返した。

「玖珂無色です。よろしく」

「…………ん？」

無色が自己紹介をすると、喰良が何やら違和感を覚えたように眉根を寄せてきた。

「玖珂無色って、まさかあの玖珂無色っすか？」

「……？　どの玖珂無色のこと言ってる？」

「いやそーゆーのいいんで。……え？　マジっすか？　冗談じゃなくて？」

「はぁ……一応、ずっと玖珂無色でやらせてもらってますけど……」

何が何やらわからぬまま無色が答えると、喰良は急に、握った手をぐいと引き寄せてきた。

「玖珂無色！　ちょー有名人じゃないっすか！　え⁉　こんな偶然あります⁉　ちょっ、撮影いーっすか⁉　うっわー！　ありえねー！　こんなん完全仕込み疑われちゃうっすわ

――！」

「え？　は……っ？」

急に捲し立てるように言ってくる喰良に、思わず目を剝《む》く。一体彼女が何に興奮を覚えているのか、まったく見当が付かなかった。

と、無色が困惑していると――

「――――いいいいいいいいい――――ッ！」

何やら遠くの方から、地鳴りのような足音と、甲高《かんだか》い叫び声が響いてきた。

「……え？」

「およ？」

どうやら喰良も気づいたらしい。不思議そうな顔をして、無色と目を見合わせる。本人は無意識なのかもしれなかったが、表情と仕草があざとすぎた。

するとほどなくして、荒々しい足音がさらに大きくなり、その声の内容が聞き取れるようになってきた。

「無色ぃぃぃぃ――――ッ！」

「え？　俺？」

声が自分の名を呼んでいるということを認識した頃には、その声の主が、盛大な土煙を伴って目前に到達していた。

凄《すさ》まじいスピードで走ってきた少女が、キキッとブレーキをかけるように足を踏ん張り、その場に停止する。二つ結びにされた長い髪が、その動きに合わせて激しくなびいた。

「……瑠璃?」

その姿を見て、思わず声を上げる。

そう。そこに現れたのは、無色のクラスメートにして妹、不夜城瑠璃その人だったのである。

先日、とある事件に巻き込まれ、重傷を負った彼女であったが、〈庭園〉医療部の治療により、今はもう自由に動けるまでに回復していた。何ならちょっと元気すぎるくらいだった。

「——ようやく見つけた! どういうことよ無色⁉ ちゃんと説明してちょうだい!」

瑠璃は興奮冷めやらぬ調子で身を乗り出すと、そのまま無色の胸ぐらを摑《つか》み上げ、ガクンガクンと揺すってきた。

「お、落ち着いて。一体何が何だか……」

「……ん?」

無色が揺れる声音でそう言うと、瑠璃は怪訝《けげん》そうに眉根を寄せた。

どうやら、無色の隣に少女がおり、ついでに手を握られていることに気づいたらしい。

「んな――っ」

瑠璃の顔が、さらなる驚愕《きょうがく》と怒りの色に染まる。

「何この見るからに地雷っぽい女⁉　一体何してたわけ⁉」

「――ヒュウ。心の中でそう思ったとしても、面と向かって言っちゃうのはクールっす」

喰良が、どこか感心した様子で口笛を吹く。

そして何かを察したように、残念そうに息を吐いた。

「あー……もしかして彼女サンっすか？　ちぇー、まあそりゃいるっすよねー」

「か、かかかかカノジョ⁉」

喰良がどこか残念そうに言うと、瑠璃が顔を真っ赤に染めた。

「ちょっと無色！　一体私のことどう説明したの⁉」

そして、先ほどまでよりもさらに強く、無色を揺さぶってくる。しかし何だか先ほどよりもちょっと嬉《うれ》しそうだった。

「な、何も言ってないって……」

「じゃあなんでかかかかカノジョなんて話になってるのよ！　冗談じゃないわよ⁉　私と無色は兄妹《きょうだい》なんだから、そんなインモラルな――」

「えっ？　きょーだい？　妹サンっすか⁉」

瑠璃の言葉に、喰良がパァッと顔を明るくした。

「なーんだ、そーだったんすね。お似合いだったもんだからてっきり彼女サンかと思っちゃったっす。アタシ様うっかり」

「な……っ！　なななに言ってるのよこの子は……！　馬鹿言ってんじゃないわよ誰が彼女かってーの！　さっきは地雷っぽいとか言っちゃってごめんねジュース飲む？」

瑠璃が顔を真っ赤にしながら叫びを上げる。ちなみに無色の襟首を掴んだ腕の速度は、道路整備をするランマーの域に達していた。傍《はた》から見たなら、無色の頭がブレて見えたに違いない。

「んもー、無色サンってば。こんな可愛《かわい》い妹サンがいるなら早く言ってくださいよー。あれ？　無色サン？　もしもーし。聞こえてますー？」

「な、なんでも……いいから……これ……止めて……」

喰良が能天気な調子で聞いてくる。視界の定まらない無色は、辿々《たどたど》しく声を上げた。すると喰良が、何やら考えを巡らせるような仕草をしながら続けてくる。

「うーん、いいっすけど、この妹サンを止めるには、アタシ様も腕の一本くらい覚悟しなきゃならないっすね。成功したら何かご褒美《ほうび》くれます？」

「わ、わかったから……はやく……」

「おっけー了解っす」

喰良はウインクしながらピースサインを決めると、そそっと瑠璃の背後に回り込み——

「はむっ」

そのまま、何の躊躇《ためら》いもなく瑠璃の耳たぶを甘噛《あまが》みした。

「ひゃふ……っ⁉」

瑠璃がビクッと身体《からだ》を震わせ、無色の襟首から手を離す。

「な、なななな何するのよあんた⁉」

「いやん、可愛い耳たぶがあったもんでつい」

「ば、馬鹿じゃないの⁉」

瑠璃が甘噛みされた耳を押さえながら後ずさる。

無色はしばしの間頭をぐらぐら揺らすと、そのまま地面にぺたんと尻餅をついた。

「ええと……瑠璃。それで……俺に何か用だったの……？」

無色が言うと、瑠璃は用件を思い出したようにハッと眉を揺らした。

「……ぐ。そうだったわね……何をおいてもまずはこれよ！」

言って、瑠璃がポケットからスマートフォンを取り出し、その画面をずいと無色に突きつけてくる。

無色は頭に手を当ててどうにか目眩《めまい》を収めてから、その画面に目をやった。

するとそこに表示されているのが、〈庭園〉の公式サイトであることがわかる。どうやら動画サイトやＳＮＳの他に、そういったものもあるらしい。

「これは……交流戦の告知記事……？　これがどうかしたの？」

それは、つい先刻彩禍モードの無色が認証した、〈影の楼閣〉との交流戦についての記事だった。

と、そこに、〈庭園〉の代表生徒が決定した旨《むね》が記されていることに気づく。発表されるのは交流戦の直前という話だったが――まあよく考えれば、本番を二日後に控えた今日は十分『直前』の範疇《はんちゅう》である気がした。

三年・萌木《もえぎ》仄《ほのか》。

三年・篠塚《しのづか》橙也《とうや》。

三年・臙堂《えんどう》亮磁《りょうじ》。

二年・不夜城瑠璃――

「――あ、瑠璃が入ってる」

「へっ？」

無色が言うと、瑠璃は意外そうに目を丸くした。

自分が代表に選ばれていることを知らなかったというわけではなく、無色がそれに言及したことに驚いたのだろう。

「さすがだね。瑠璃ならきっと選ばれると思ってたよ」

「え……や、それはその……ゃふふ……まあ、運がよかったっていうか……」

瑠璃が照れくさそうに頰を染める。無色は大仰に頭を振った。

「謙遜しなくていいってば。瑠璃の実力だよ。やっぱり瑠璃は凄《すご》いなあ。当日は精一杯応援するからね！」

「べ、別にあんたのために戦うわけじゃないけど……まあ好きにすれば⁉」

「うん。頑張ってね、瑠璃！」

無色が弾むような声で言うと、瑠璃は「ふ……ふん！」と赤い顔を逸《そ》らして、そのまま歩いていってしまった。

が、その数秒後、何かを思い出したようにハッと肩を揺らし、再び無色の前に戻ってくる。

「――って、何勝手に話終わらせてんのよ⁉」

「え？　あ……ごめん」

別に終わらせたつもりはないというか、立ち去ろうとしたのは瑠璃の方なのだが……たぶんそういうことではないのだろう。無色は素直に謝っておいた。後ろで喰良が、二人のやりとりを見ながら可笑《おか》しそうに笑っていた。

「あっはっは、オモシロい妹サンっすねー」

瑠璃はそんな喰良をキッと睨《にら》んだのち、再度スマートフォンの画面を無色に示してきた。

「もっと下を見なさい！　あんた一体何をしたの⁉」

「もっと下……？」

言われて、改めてその記事を読む。

そしてその文言を見つけ——無色は目をまん丸に見開いた。

「————へ？」

だが、それも当然だろう。

何しろ、〈庭園〉代表生徒一覧の一番下に——

『玖珂無色』の名が、燦然《さんぜん》と記されていたのだから。

「は……、えっ？　は……？」

さすがに意味がわからず、頭に疑問符を浮かべる。しかし瑠璃はなおも気勢が収まらぬ調子で続けてきた。

「交流戦代表は五名――〈庭園〉選《え》りすぐりの精鋭たちばかりよ。なんで編入したばかりのあんたが選ばれてるわけ⁉」

「い、いや……そんなこと言われても。俺だってわからないよ。確か、ＡＩが選出してるんだよね？　何かミスがあったんじゃ……」

「――っ！」

無色の言葉に、瑠璃がハッと肩を揺らした。まるで、言われてようやくそれを思い出したかのように。

「そうか……選出は基本――、なら――」

そして何やら考え込むような仕草をしながらぶつぶつと呟《つぶや》いたのち、顔を上げて辺りに声を響かせる。

「『シルベル』！　いる⁉」

『――はぁい、お呼びですか？』

と。

瑠璃がそう言った次の瞬間、まるでそれに合わせるかのようなタイミングで、無色の前に、一人の少女が現れた。

「わ……っ⁉」

その様を見て、思わず目を丸くする。

現れた――としか言いようがない。どこかから歩いてきたわけでも、空から落ちてきたわけでも、地面から這《は》い出てきたわけでもなく、ただキラキラという光の粒子とともに、彼女の身体が形作られていったのである。

重力に隷属するようにストンと直下した長い長い銀髪に、にこやかな笑みの形に作られた聖女の如《ごと》き表情。その身に纏《まと》っているのは、彼女の楚々《そそ》とした美しさを引き立たせるかのような白の法衣《ローブ》だったのだが、それを突き破らんばかりに隆起した大きな乳房が、なんともアンバランスな背徳感を醸《かも》し出していた。

「こ、これは一体……」

「シルベル。〈庭園〉全体のデータベース管理及びセキュリティ制御を行う人工知能よ」

無色が驚愕しながら言うと、それに答えるように瑠璃が呟いてきた。

「人工知能……？　って、そこにいるように見えるけど……」

「立体映像よ。触ってみなさい」

「え？　こう？」

瑠璃に言われ、無色は何とはなしに手を伸ばした。

すると無色の手は、何の抵抗もなくシルベルの胸に沈み込んだ。なるほど、瑠璃の言うとおり実体はないらしい。

『きゃっ』

「えっ?」

だが、無色が感想を口にするより早く、シルベルが頬を赤らめながら胸元を押さえた。

まるでそのためだけに用意されたかのような、滑らかなモーション。制作者の並々ならぬこだわりが窺《うかが》い知れた。

『あらあら……いけない子ですねぇ。でも残念。お姉ちゃんが実体を持っていたら、その若く青い猛《たけ》りを鎮《しず》めてあげるのですけど』

そしてそう言って、穏やかな笑みを浮かべてみせる。表情と台詞《せりふ》のギャップが凄《すご》かった。

「ど、どこ触ってんのよ⁉」

瑠璃が耳元で叫んでくる。……触れと言ったのは瑠璃なのだが。

少々理不尽さを感じなくもなかったが、無色が迂闊《うかつ》だったのは確かであるし、これ以上言っても話がこじれるだけである。無色は大人しく頭を下げた。

「まったく……それよりシルベル。交流戦の代表を選出したのはあなたよね。ちょっと話を聞かせてほしいんだけど――」

瑠璃が問うと、シルベルはにこやかな笑みを保ったまま答えてきた。

『──お姉ちゃん』

「は？」

『シルベルお姉ちゃんって呼んでくれないと、嫌です。──あ、お姉様でもお姉でも姉上でもいいですよ？』

「…………」

瑠璃は額に青筋を立てながらピクピクと頬を痙攣《けいれん》させたが、背に腹は代えられないと判断したのか、やがて抑揚のない声を発した。

「シルベルオネェチャン」

『うーん……まあいいでしょう。寛大なのもお姉ちゃんの条件ですので』

シルベルは人差し指であごをなぞるような仕草をしながら続けてきた。

『というわけで可愛《かわい》いるーちゃんの質問にお答えします。──はい。僭越《せんえつ》ながらこのシルベルが選出しました。魔術師等級、及び戦闘実績などのデータを総合的に判断したと自負しています。心配しなくても、るーちゃんの代表入りは文句なしですよ？』

どうやらるーちゃんとは瑠璃のことらしい。

瑠璃は何やら言いたそうな顔をしながらも、今はそれどころではないといった調子で続けた。

「……私のことはいいわ。それより、なんでよりにもよって無色が代表に選ばれてるわけ？　この前〈庭園〉に編入したばかりの素人《しろうと》よ？　何かのミスじゃないの？」

『そんなことありませんよ。総合的に見て、むっくんは〈庭園〉代表に足る資格を有していると判断しました』

「むっくん」

どうやらこちらは無色のことらしい。ぽかんとしながら自分を指さす。それを見てか、後方で喰良が可笑しそうに笑っていた。

しかしながら瑠璃はぴくりとも笑うことなく、苛立《いらだ》たしげに眉根を寄せた。

「だから、その理由を聞いてるのよ！　一体無色のどこを見て判断したっていうの⁉」

『はい』

するとシルベルは、にこやかな表情のまま、言葉を述べた。

『――むっくんには、神話級滅亡因子の単独討伐記録が存在します』

その、衝撃的に過ぎる情報を。

「――――」

数秒。

辺りに、静寂が満ちる。

瑠璃が、ポカンとした表情を作っていた。何なら当の無色も、驚きのあまり言葉を失っていた。

だが、それも当然である。

神話級滅亡因子。その名には聞き覚えがあった。確か、彩禍でなければ倒すことができなかったと伝えられる、一二の脅威の総称だ。それを耳にした際「彩禍さんはなんて凄いのだろう」と思ったのでよく覚えていた。

しかしながら、その他の言葉は一切理解できなかった。

「…………、は？」

皆が黙り込む中、言葉を発したのは瑠璃だった。

信じられないといった様子で額に手を置き、続ける。

「神話級滅亡因子を――単独討伐？　ちょっと待って。何を言ってるのシルベル。まさかバグった？」

『やぁん、そんなこと言うと、お姉ちゃん泣いちゃいますよぉ？』

シルベルが両手を丸めて涙を拭うような仕草をしてみせる。

だが今の瑠璃には、そんな細かなモーションに反応を返す余裕はないらしかった。捲《まく》し立てるように、続ける。

「念のため聞くけど、神話級滅亡因子……っていうのは、あれよね？　基本等級では測りきれないレベルの脅威のみに割り振られる番外等級よね？」

『さすがるーちゃんです。物知りさん』

「余計なことはいいから。——過去五〇〇年間で一二例のみ確認され、そのいずれもが魔女様にしか打倒できなかったっていう、あの？」

『はい。ただ、一つ付け加えるなら——つい最近、一三例目の出現が確認されました』

「…………!?」

突然の情報に、瑠璃が目を剝《む》く。

だが、その詳細を知るより先に確認せねばならぬことがあると判断したのだろう。微《かす》かに震える声で続けた。

「そ、れを……無色が倒したっていうの……？」

『肯定です。にわかには信じられないけど、むっくん、〈庭園〉のみんなのためにいっぱい頑張ってくれたんですよね。シルベル、不覚にも感動の涙が止まりません』

「どんな滅亡因子で、無色はそれをどうやって倒したの!?」

『――それは秘匿事項に設定されてます☆』

にこやかな調子を崩すことなく、シルベルが言ってくる。

「…………」

瑠璃はしばしの間無言になると、そろそろとその場を去ろうとしていた無色の腕をむんずと摑《つか》んだ。

「ひっ」

「どういうことよ無色!? あんたいつの間にそんな……!? いや、っていうか一体どうやって!?」

「い、いや、わかんないって。俺だって何が何だか――」

と。そう言いかけた瞬間、無色の脳裏に、とある記憶が思い起こされた。

神話級滅亡因子とやらに心当たりなどはない。それは嘘《うそ》ではなかった。

けれど今から数週間前、無色はそれに比肩《ひけん》する――否《いな》、それを遥《はる》かに凌駕《りょうが》するであろう相手と対峙《たいじ》していたのである。

「あ――」

黒衣は言っていた。滅亡因子とは特定の生物や個体を示す言葉ではなく、『世界を滅ぼしうる可能性を持ったもの』の総称であると。

そういった意味で『彼女』は、その条件に合致してしまうに違いなかった。

「……!?　今心当たりある顔したわね!?」

「い、いや、そんな顔してないよ……何のことやら……」

「とぼけようったってそうはいかないわよ！　私が無色の表情を見誤ると思ってるの!?」

「えっ？」

「……今のは忘れなさい！　それより早く――」

と、その瞬間であった。

「――――え？」

凄《すさ》まじい剣幕で詰め寄る瑠璃の声をも掻《か》き消すほどに大きく。

〈庭園〉内に、滅亡因子の出現を報《しら》せる警報が鳴り響いたのは。

第二章【速報】彼ピできました！

「なんだ――これ……」

〈空隙《くうげき》の庭園《ていえん》〉と外界とを分かつ隔壁。魔術師たちとともにその上に立った無色《むしき》は、そこに広がる景色を見て、思わずそんな声を漏らした。

だが、それも当然だろう。

〈庭園〉の外に広がった街を、ゲル状の物質が埋め尽くしていたのだから。

否、正確に言うならば物質、という表現には語弊があるだろうか。

何しろその粘性の物体は、まるで生物の如《ごと》く地を、壁を這《は》いずっていたのである。

「――滅亡因子三二九号：〈スライム〉――」

隔壁の上から街を眺めながら、瑠璃《るり》が目を細める。

「……災害級に位置する滅亡因子よ。一個体の強さはさほどでもないけど、群れを成したときの脅威は見ての通り。放っておけば、辺り一帯消化されるでしょうね。――可逆討滅期間は二四時間。その時間内に倒せなければ、この景色は『結果』として世界に記録されるわ」

妙に説明臭い瑠璃の言葉に、無色は小さく首を傾《かし》げながらそちらを見た。

「……あれ？　もしかして俺のために説明してくれてる？」

「はー!?　ばばばバッカじゃにゃいの!?　ただの口癖なんですけどー!?　自意識過剰もいい加減にしてくれる!?」

「そ、そっか。ごめん……」

ものすごい剣幕で言われ、無色は素直に謝った。魔術師ならば皆心得ているであろうことを改めて口に出していたので、最近〈庭園〉に入ったばかりの無色を慮《おもんぱか》ってくれているのかと思ったが……どうやら思い過ごしだったらしい。凄まじい口癖である。

と、無色が自戒するようにうなずいていると、瑠璃が苛立たしげな様子で続けてきた。

「ていうかそれ以前に、なんで無色まで数に入ってるのよ！　おかしいでしょ!?」

「いや、そんなこと俺に言われても……」

無色は額に汗を滲《にじ》ませながら頬をかいた。

そう。対象滅亡因子の数が多いためか、現在〈庭園〉内にいた三〇名ほどの生徒が討伐メンバーとして選出されたのだが――その中に、なぜか無色の名が入っていたのである。

正規の任務としては、実質これが初陣《ういじん》であった。

とはいえ、その事実自体は瑠璃も認識しているのだろう。彼女は不機嫌そうに舌打ちすると、制服の肩章《ストラップ》を翻《ひるがえ》して足を一歩前に踏み出した。

「とにかく。あんたは黙って見てなさい。終わったら、改めて話聞かせてもらうからね。

——不夜城《ふやじょう》瑠璃、出るわよ」

瑠璃はそう言うと、勢いよく隔壁の上から飛び立った。

一瞬、隔壁を踏み切った瑠璃の足に魔力の光が灯《とも》る。瑠璃の身体《からだ》は重力に逆らうかのように緩やかな放物線を描くと、街へと吸い込まれていった。

虚空《こくう》によく通る声が響くと同時、豆粒のように小さくなっていった瑠璃から、青い光が迸《ほとばし》る。

「第二顕現——【燐煌刃《りんこうじん》】！」

魔力によって形作られた変幻自在の刃《やいば》は、しなやかな鞭《むち》のように、あるいは荒ぶる猛獣の尾のように、空に軌跡を描いた。

瞬間、周囲を這いずっていた無数の〈スライム〉が、纏《まと》めて光と消える。

「おお……ッ！」

——〈庭園〉最高戦力たる騎士・不夜城瑠璃の、圧倒的に過ぎる勇姿。

それは、隔壁上に居並ぶ魔術師の心を奮い立たせるのに十分な力を有していた。瑠璃のあとを追うようにして、何人もの生徒たちが飛び立っていった。

そして皆、瑠璃ほどまでとはいかずとも、順調に滅亡因子を倒していく。

瑠璃の言うとおり、無色が何もせずとも討伐完了してしまいそうではあった。

だが——

「…………？」

背後から奇妙な視線を感じ、無色はちらとそちらを振り向いた。

すると、隔壁上に残っていた数名の魔術師たちが、それとなく無色に視線を送りながら、何やらひそひそと話をしていることがわかった。

「あれが噂《うわさ》の玖珂《くが》無色か……？」

「ああ。S級魔術師である不夜城さんの兄君にして、編入一ヶ月にして交流戦代表に選ばれた天才……」

「なんでも、たった一人で神話級滅亡因子《マイソロジア》を倒したとか——」

「嘘でしょ……!?　一体どんな魔術を使うっていうの……!?」

「ふ……お手並み拝見といこうか……」

なんだか、ものすごく期待されている気がした。

「…………」

別にそんな声に背を押されたというわけではないのだが、討伐メンバーに選出された以上、黙って見ているというわけにもいかなかった。

無論、彩禍《さいか》の身体を危険に晒《さら》さないというのは大前提だが、魔術師として身を立てると決めた以上、遅かれ早かれ戦場には立たねばならない。

無色は意を決するように拳を握ると、足を一歩前に踏み出した。背後から、『おお……っ⁉』とざわめきが聞こえる。

「…………」

だが、隔壁の端に立ったところで、無色は足を止めた。意外と高さがあることに気づいたのである。

瑠璃たちは足に魔力を込めて跳躍したようだったが、正直無色はまだあまり自信がなかった。跳躍どころか、下手をすれば着地すら危ういだろう。

「よし」

半分は彩禍の身体である以上、無理はいけない。無色は決意するようにうなずくと――

普通に階段を使って地上に降りていった。

「な……っ、わざわざ階段から⁉」

「まさか、飛び降りるのが怖かったの……？」

「馬鹿な、神話級を倒すような奴《やつ》だぞ。何か理由があるに違いない――」

「お、俺たちもいくぞ！」

そんなざわめきを背に浴びながら、無色は地上に降り立ち、門を通って街へと出た。隔壁上に残っていた魔術師たちも、そのあとを追ってくる。

「――っ」

街の様子を目にした無色は、思わず息を呑《の》んだ。

地面から見ると、その異様な光景がより鮮明に見て取れたのである。

見慣れた街の上を、見慣れぬ粘性の生物が這い回っている。屋内へ逃げたのか、はたまた〈スライム〉に取り込まれ、消化されてしまったのか、人の姿は見受けられない。まるで、都市の支配者が変わってしまったかの様相であった。

【――】

と、無色たちの出現に気づいたのだろう。〈スライム〉たちの身体が、警戒を示すように蠢動《しゅんどう》する。

「く――！　いくぞ！」

「おおっ！」

その気配をつぶさに感じ取ったのだろう、無色のあとに続いてきた魔術師たちが声を上げる。皆意識を集中させると、それぞれの界紋《かいもん》、及び第二顕現を発現させた。

〈スライム〉たちが、一斉に襲いかかってくる。

【――――ッ!】

一瞬にして。

その場は、魔術師たちの戦場と化した。

大きく身体を展開させた〈スライム〉と、魔術師たちの振るう第二顕現が、多大な余波を伴いながらぶつかり合う。

「く……っ――」

出遅れた無色は、剣を顕現させるために意識を集中させた。

……だが、黒衣《くろえ》との訓練のときには容易《たやす》く現れた剣が、一向に出現しない。

「あれ……おかしいな――」

【――――!!】

無色が首を捻《ひね》っていると、〈スライム〉が覆い被《かぶ》さるように襲いかかってきた。

「う……わわっ!?」

地面を転がるような格好で、なんとかそれを避ける。一瞬前まで無色が立っていた場所に、〈スライム〉がべしゃりと激突した。

「あいててて……」

強《したた》かに打ち付けた額をさする。

が、そんなことをしている場合でないことはすぐに知れた。

無色のいた場所が、ふっと暗くなったのである。

――まるで、何か巨大なものが、日の光を遮ったかのように。

「え……？」

呆然《ぼうぜん》と顔を上げ――気づく。

目の前に、無数の〈スライム〉が結集した、あまりに巨大なシルエットが屹立《きつりつ》していることに。

「へ――」

【――――――――――ッ！】

無色の声を掻《か》き消すように、巨大な〈スライム〉が甲高《かんだか》い咆哮《ほうこう》を上げ、その怒濤《どとう》の如き身体を大きく広げてくる。

無色はただただ呆然と、その破滅の一撃を受け入れるしかなかった。

――しかし。

「あー、駄目っすよー、オイタしちゃ」

そんな間延びした声が鼓膜を震わせた、次の瞬間。

〈スライム〉の巨大な身体が、十文字に切断された。

【────!?】

「え……?」

短い断末魔の声を残し、その巨大な滅亡因子は、物言わぬ液体と化した。

ばしゃりという音を立てて地面に広がり、それきりピクリとも動かなくなる。

突然目の前で起こったことが理解できず、しばしの間目をぱちくりとさせる。

すると、一瞬前まで〈スライム〉がいた位置に、一人の少女が軽やかに降り立った。

「間一髪ってトコっすねー。大丈夫っすか?」

「君は──」

そこに立っている者の正体に気づき、無色は思わず目を丸くした。

「──鴇嶋《ときしま》さん!?」

そう。そこにいたのは、手に物騒なチェーンソーを、そして下腹部にハートのような形の界紋を顕現させた、鴇嶋喰良《くらら》その人だったのである。

「やぁん。喰良って呼んでほしいっすー」

喰良はそう言って身をくねらせると、視線を上方に向けてみせた。

無色もそれにつられて、同じ方向を見る。するとそこに、羽の生えたスマートフォンと思《おぼ》しきものが浮遊していることがわかった。

「――というわけで、滅亡因子討伐に乱入してみた、でーした。スゴいと思ったら高評価&チャンネル登録よろーっす」

言って、喰良がそれに向かってポーズを取ってみせる。

「も、もしかして……撮影してるの？」

「んー、撮影っていうか、生配信中？　いやー、なんだかんだいって滅亡因子討伐は数字稼げるんすよねー」

「そ、そう……」

ということは、自分が為《な》す術《すべ》なくやられているシーンも配信されてしまったのだろうか――と思った無色だったが、とりあえず深くは考えないことにした。

恥ずかしさを覚えないといえば嘘《うそ》にはなるが、命を助けてもらったことを思えば文句は言えまい。

「いやー、何にせよ無事でよかったっす。――立てますか？」

喰良はひょいひょいと軽やかな足取りで以《もっ》て無色の元へとやってくると、手を差し伸べてきた。

「あ……うん。ありがとう」

無色は喰良の手を取ると、引っ張り上げられる格好でその場に立ち上がった。

すると喰良が、宙に浮いたスマートフォンの方を指さしてくる。

「さ、あそこ見てくださいあそこ。ほら、最高のキメッ！　今日イチの笑顔で！」

「あ、ああ……うん」

もう完全に、ヒーローと、それに助けられた無力な市民である。喰良としてはいい絵の撮りどころなのだろう。

……まあ、とはいえ、実際その通りだったので何も言えなかった。喰良に言われるままに、スマートフォンのカメラに向けて引きつった笑みを浮かべる。

が、次の瞬間、喰良は無色の肩に腕を回すと、ぐいとその身を引き寄せてきた。

そして──

「へいへーい。というわけで、みんなに紹介しちゃいまーっす。

こちら、玖珂無色サン。

──最近できたクララの彼ピでーす！」

「……は⁉」

満面の笑みで、とんでもないことを、全国に向けて発信した。

◇

「…………」

滅亡因子〈スライム〉討伐の翌日。

無色は、凄《すさ》まじい居心地の悪さを覚えながら、中央学舎への道を歩いていた。

無色としてはただ道を歩いているだけなのだが、その姿を目にした生徒や教師たちが、驚いたように目を見開き、ひそひそと噂話《うわさばなし》を交わしていたのだ。

理由は大きく分けて二つである。

一つは——

「……おい、あれ、玖珂無色じゃないか？」

「え？　あの交流戦代表の？」

「あれが、魔女様以外で神話級滅亡因子を討伐した唯一の男——⁉」

件《くだん》の交流戦代表選出及び、神話級滅亡因子討伐の噂。

そしてもう一つは——

「なあおい見たかよクララの生放送」

「見たよチクショウ。なんだよ彼ピって……いや、そりゃ別に自分が付き合えると思ってたわけじゃないけどさー……」

「……って、あれ。あそこにいるの、もしかして玖珂無色じゃね？」

「え？　玖珂って──例の彼ピ？」

「マジか。うわー……」

──喰良の生放送での彼ピ発言に端を発するスキャンダルである。

あのあと慌てて顔を隠したものの、時すでに遅し。無色の顔と名前は、ＭａｇｉＴｕｂｅ最大の人気チャンネル、クララちゃんねるの視聴者に知れ渡ってしまっていたのだ。

一つでも大きなニュースだというのに、それが二つ。果たして玖珂無色は、一夜にして〈庭園〉中の注目の的となってしまっていたのである。

「──困ったことになりましたね」

無表情でそう言ったのは、無色の隣を歩く黒衣だった。今は無色と同じく〈庭園〉の制服をその身に纏《まと》っている。

「はい……まさかこんなことになるとは」

無色が眉を八の字にしながら言うと、黒衣は歩調を保ったまま続けてきた。

「代表選考の件に関しては、謝罪いたします。これはわたしも迂闊《うかつ》でした。よもや『彼女』が、滅亡因子認定されてしまっていたとは」

黒衣が、明言を避けるようにぼかしながら言う。まあ、無理もないことである。先の事件で無色たちの前に現れた『彼女』の名は、この〈庭園〉において大きな意味を持ちすぎている。もしも誤って誰かに聞かれたなら、また厄介なことになってしまうだろう。

だからこそ、不安は拭えない。無色は険しい表情を作りながら黒衣に問うた。

「俺の戦いが知られてるってことは……まさか『あの人』のこともバレてしまってるんでしょうか……？　シルベル——でしたっけ。あのＡＩには」

「その可能性は否定できませんが……詳細が秘匿扱いになっているということは、シルベルも『彼女』のことを詳《つまび》らかにするリスクを理解しているのでしょう。情報が公開される可能性は非常に低いと思われます」

「なるほど……でもそれなら、俺のことも秘密にしておいてくれればよかったのに……」

「仮にも神話級に値する相手を打倒するだけの力を持った魔術師に正当な評価を与えない、というのも、〈庭園〉にとっては大きな損失であると考えたのでしょう。

ともあれ、〈庭園〉における秘匿事項とは非常に強い意味を持ちます。興味があったとしても、厳罰覚悟で無理に追及してくる方など——」

と、そこで黒衣が言葉を止めた。そしてしれっと視線を逸《そ》らしながら続ける。

「――まあ、騎士不夜城くらいしかいないでしょう」

「一番怖いんですけどそれ」

無色が汗を滲《にじ》ませながら言うと、黒衣は「そこは頑張ってください。お兄ちゃんでしょう」とぞんざいな返事を返してきた。兄への信頼感が異常だった。

「――とにかく、その件に関しては秘匿を貫く他ありません。記録は残ってしまいますが、そのうち皆慣れるでしょう。注目を浴びてしまっている間、存在変換には十分気をつけてください」

「……わかりました。それで、あの、交流戦はどうしましょう」

無色がおずおずと問うと、黒衣は考えを巡らせるような仕草を見せてから返してきた。

「そうですね……既に発表されてしまった以上、代表の変更が可能かどうかはわかりませんが……一応こちらから手を回してみましょう」

「すみません。お手数おかけします」

無色が言うと、黒衣は話題を変えるようにこほんと咳払《せきばら》いをしてきた。

「――それよりも、無色さん。お伺いしたいことがあるのですが」

「…………、はい」

まだ何も言われていないのだが、黒衣が何を言おうとしているのかは手に取るようにわかった。気まずげな顔をしながら首肯する。

黒衣は、常にクールな双眸《そうぼう》をさらに冷淡な半眼にし、ぽつりと呟《つぶや》くように言った。

「意外と浮気者《うわき》だったのですね」

「違う。違うんです、黒衣」

黒衣の言葉に、無色は必死に訴えかけるように声を上げた。

「何が違うのですか？　仲睦《なかむつ》まじい様子がしっかり配信されていましたが」

「何もかも違うんです！　あれは喰良が勝手に言っただけで――」

「まさかＭａｇｉＴｕｂｅを紹介したその日のうちに、こんな使い方をされるとは思ってもみませんでした」

「ですからぁ！」

と、無色がなんとか弁明しようと悲鳴じみた声を上げた、そのときであった。

「――あっ！」

弾むような声が、後方から聞こえてきたのは。

「いたいた！　よーやく見つけたっすよー。んもー、昨日戦いのあといなくなっちゃったもんだから探しましたー」

「え──」

その声に弾《はじ》かれるように後方を振り返り──無色は一瞬身体《からだ》を硬直させた。

だがそれも当然だろう。何しろそこにいたのは、まさに今話題に上っていた渦中《かちゅう》の人、人気マギチューバー・クララこと、鴇嶋喰良その人だったのだから。

「寂しかったっすよー。んまあいいです。それよりお話ししましょうよー。アタシ様たち、もっとお互いのコトを知り合うべきだと思うんす。順序が逆？　いやいや、そんなことないっすよ。形から入るのも大事なことっす。器を作ってから中身を注ぐ関係があってもいいじゃないっすかー」

などと、ものすごく気安い調子で喰良が距離を詰めてくる。ついでに極めて自然にするりと腕を絡《から》めた上で手まで握ってきた。しかも指と指を組み合わせた恋人繋《つな》ぎである。

その間、わずか二秒。目にも留まらぬ早業であった。

「や……ちょ……っ」

ボディクリームの甘い香りと、頼りなげな指の感触が、否応《いやおう》なく女の子の存在感を脳髄に叩《たた》き込んでくる。無色は思わず頰を赤くしてしまった。

「おい、あれって……」

「わ、マジ？　ホンモノ？」

喰良の存在に気づいたギャラリーがにわかにざわめきはじめ、パシャパシャと無遠慮にスマートフォンで写真を撮り始める。が、喰良は嫌な顔をするどころか、進んでポーズをキメていた。無論、喰良に腕をがっしりとホールドされた無色も、必然的に写真に収められてしまう。無色は絶望的な心地で立ち尽くす他なかった。

「…………」

が、それを眺めるジトッとした黒衣の視線によって、ハッと我に返る。

そう。突然のことに呆気《あっけ》に取られてしまっていたが、無色には心に決めた人がいるのだった。

無色は意を決すると、腕を振り払うようにして、絡み合わされた指を解いた。

「……ちょっといいかな、喰良」

「ん？　どしたんすか？　あ、もしかして写真NGでした？」

喰良が不思議そうに問うてくる。無色はゆっくりと首を横に振ると、静かな口調で続けた。

「そうじゃなくて。──そもそも、俺たち付き合ってないよね？」

「え？　そうなんすか？」

無色が言うと、喰良は心底意外そうに目を丸くしてきた。

「でもほら、言いませんでしたっけ？　妹サンを止めたらご褒美《ほうび》くれるって」

「それは……言ったけど」

「ですよね。――なんで、ご褒美に付き合ってもらっちゃおうかと」

「そんな重い契約だったのあれ⁉」

無色が驚愕《きょうがく》を露《あら》わにすると、喰良はカラカラと笑ってきた。

「やー、音楽性の違いってやつっすかねー。んまあでも、行き違いがあったならしょーがないっす。――つーわけで、改めて付き合いましょ、無色《むしピ》」

「むしピ」

「無色と彼ピを合体させてみました」

「…………」

独特のワードセンスに突っ込みを入れてしまいそうになるが、今言及すべきはそこではない。無色は大きく頭を振った。

「申し訳ないけど、それはできないんだ」

「えー、なんでっすか？　もしかしてアタシ様タイプじゃありませんでした？　こう見えても尽くす女っすよー？」

「いや、そういうことじゃなくて……俺、心に決めた人がいるんだ」

無色の言葉に、喰良はヒュウ、と口笛を吹いた。

「あー……そゆことっすか。青春っすねぇ。——でも、別にまだ付き合ってるわけじゃないんすよね？」

「それは……まあ、俺の片思いだけど」

無色が頬をかきながら言うと、喰良は「やーん、照れるむしピも可愛《かわい》いっす」と身をくねらせたのち、再び無色の目を覗《のぞ》き込んできた。

「——ちなみに、誰っすか？　差し支えなければ教えてください。アタシ様、そんじょそこらの女の子にゃ負けない自信あるっすよ？　絶対むしピを勝ち取ってみせます！」

「彩禍さん」

「ギャフン！」

無色がその名を発した瞬間。

喰良は、漫画みたいなリアクションをとりながら、その場にひっくり返った。

「さ、彩禍さんって……まさかとは思いますけど、〈庭園〉の魔女様のコトっすか？」

「うん」

「……ひゅ、ヒュウ……大人しそうな顔してとんだ大物食いっす……」

喰良が口元に滲んだ血を拭うような仕草（別に出血はしていない）をしながらヨロヨロ

と身を起こす。さすがに彩禍の名が出るとは思わなかったのだろう。

しかし、すぐに気を取り直すようにブンブンと頭を振ると、無色のハートを打ち抜くようにビッと指を突きつけてきた。

「でも、恋する乙女は誰にも止められませんよ。たとえ魔女様が相手だとしても、アタシ様、絶対諦めないっすから！」

と、喰良が熱っぽく叫んだ瞬間、喰良の服のポケットから、何やら軽快な音が鳴り響いた。

「ん？　おぉっと、もうこんな時間っすか。こりゃうっかり」

喰良はポケットから取り出したスマートフォンの画面をタップすると、勢いよく顔の向きを戻してきた。

「とゆーわけで、伝えたいことも伝えたので、アタシ様はここで失礼します。――またあとで会いましょ、むーしピ」

喰良は手でハートマークを作りながらそう言うと、そのまま道を走っていってしまった。

なんというか……登場から退場まで、嵐のような少女だった。

「……行っちゃいましたね」

「そのようですね。何やら不穏な捨て台詞《ぜりふ》ではありましたが」

その後ろ姿が見えなくなってから、無色と黒衣はようやく声を発した。

「……？」

と、そこで無色はピクリと眉の端を動かした。常に無表情の黒衣が、どことなく満足げな顔をしているように見えたのである。

「黒衣？　どうかしましたか？」

「……？　どう、とは？」

「あ、いえ……何でもないならいいんですけど」

無色が言うと、黒衣は不思議そうに首を傾《かし》げたのち、視線を前方に戻した。

「それよりも、急ぎましょう。思いの外《ほか》時間を食ってしまいました」

「はい、そうですね。ホームルームに遅れるといけませんし」

「――いえ」

無色の言葉に、黒衣は小さく首を横に振った。

「今日向かうのは教室ではありません」

「え？」

無色が目を丸くすると、黒衣は周囲に聞き取られぬように声をひそめながら続けてきた。

「――本日は、〈楼閣《ろうかく》〉の方々を出迎えねばなりません」

「〈楼閣〉の……って、あ――」

そこでようやく、無色は気づいた。前方――中央学舎への見慣れた道に、見慣れない装飾が施されていることに。

大通りの両脇には、簡易的な屋台が設営されている。まるで学園祭でも始まるかのような様相だった。

「あれ、でも交流戦って明日だったはずじゃ」

「交流戦は明日ですが、今日は歓迎式典と、交流会を兼ねた前夜祭が行われます」

「ああ、なるほど。それで……」

無色が辺りの様子を見回しながら言うと、黒衣が促すように続けてきた。

「というわけで、式典に出席していただかねばなりません。ご準備を――」

と、そう言いかけたところで、黒衣がピクリと眉の端を揺らしたかと思うと、そのまま無色の腕を引っ張り、建物と建物の間に身を滑り込ませた。

「わっ、急にどうしたんですか黒衣――」

「しっ、お静かに」

黒衣が人差し指を口元に置きながら、先ほどまでいた通りの方に目をやる。

無色もまたそれに倣《なら》うように視線をやり――瞬時に全てを理解した。

つい今し方まで無色たちがいた道に、友人を連れた瑠璃が歩いてきたのである。

「………………」

その表情は怒気に満ち、姿勢は獰猛《どうもう》な肉食動物の如《ごと》く少し前傾している。心なしか全身から、殺気のようなものが漂っているように見えた。

明らかに、尋常な状態ではない。

たとえるならば――どさくさに紛れて兄に逃げられ、あまつさえその兄が、怪しい女に動画で彼ピ認定されているのを目撃してしまったなら、そんな感じになるのではないかと思えるような状態だった。

「る、瑠璃ちゃん……ちょっと落ち着こ？　みんな怖がってるよ」

瑠璃の隣を歩いていた優しげな少女が、眉を八の字にしながら言う。――嘆川《なげかわ》緋純《ひずみ》。瑠璃のクラスメート兼ルームメートである。

「……落ち着け？　不思議なことを言うわね緋純。私はクールよ」

「ほ、本当……？」

「ええ。血まで凍りそう」

「それは全然大丈夫じゃないよね……!?」

などと、往来で言葉を交わし合う。周囲にいた生徒たちはそのただならぬオーラを察知してか、その場を立ち去ったり視線を逸らしたりしていた。

無色はそんな瑠璃の様子を遠目に見ながら、頬に汗を垂らした。

「……ありがとうございます黒衣。危ないところでした」

「いえ。とりあえず今日のところは、その姿ではお会いにならない方がよいでしょう」

黒衣が小さくひそめた声でそう言ってくる。

「…………？」

だが次の瞬間。道を歩いていた瑠璃が不意に足を止めた。

そして、何やら不審そうに辺りを見回し始める。

「どうしたの、瑠璃ちゃん」

「……なんだか、兄様の気配がしない？」

「け、気配……？」

「うん。こう、うっすらとだけど。だいたい一一〇秒くらい前までここにいたような」

「いや、全然わからないけど……気のせいじゃない？」

「私が兄様の気配を間違うとでも？」

「説得力ぅ……」

緋純が渋面を作りながら言うと、瑠璃はすんすんと鼻を動かすような仕草をしたのち、ゆっくりとした足取りで、無色たちの隠れた方向へと歩いてきた。

「……！　こっちに向かってきます……！」

息を詰まらせながら後方に目をやる。が、路地の先は狭《せば》まっており、とても通り抜けはできそうになかった。

「――仕方ありません」

と、そこで黒衣が無色の肩をむんずと摑《つか》み、その身体《からだ》を壁に押しつけるようにしてきた。

「あの……黒衣、一体何を」

「ここで存在変換をしてしまいましょう。どちらにせよ式典前にやるつもりでしたし」

「存在変換――」

その言葉に、無色はごくりと息を呑《の》んだ。

存在変換。それは表裏一体になっている無色と彩禍の身体を入れ替えること。

彩禍から無色になる際は、魔力の放出量を上げるために無色を興奮させる必要があった。

無色から彩禍になる際は逆に、外部から魔力を取り込まねばならなかったのである。

そして、そのもっとも効率的な方法とは――

「…………」

黒衣は表情を変えぬまま、無色のあごをくいと持ちあげてきた。

「あ、あの、ちょっと待ってください黒衣」

「時間がありません。それに、何度もやってきたことではありませんか。今さら何を躊躇《ためら》っているのです」

「それはそうなんですけども……」

無色は頬を赤らめながら視線を逸らした。

確かに黒衣の言うとおりではあるのだが、今無色は、黒衣が本当は彩禍であると知ってしまっている。となるとやはり、緊張するなという方が無茶ではあるわけで――

「――いいから、おとなしくしたまえ」

「………………!」

次の瞬間、黒衣の口から発された言葉に、無色はビクッと身体を震わせてしまった。

黒衣はその隙を逃さず、無色の顔を固定すると――

「ん――」

そのまま、自分の唇を、無色の唇に押し当ててきた。

「……っ――」

蕩《とろ》けるように柔らかな感触が、微《かす》かに漂う甘い芳香が、無色の脳を蹂躙《じゅうりん》する。無色は身動き一つ取れないまま、視界が明滅するかのような衝撃を覚えた。

そして、そのまま数秒。

「――――ふぅ」

黒衣が唇を離したときにはもう、無色の身体は、久遠崎《くおざき》彩禍のものに転じていた。

そう。この行為――キスこそが、外部から魔力を送り込む、もっとも効率的な手段だったのである。

「…………」

無色は、目をとろんとさせながら、未《いま》だ接吻《せっぷん》の感触の残る唇に触れた。

「……なんだか、いつもより長くなかったかい？」

「気のせいでは？」

黒衣が平然とした調子で顔を逸らす。その口調は、既にいつものものに戻っていた。

と、まさにそのタイミングで、路地を瑠璃が覗《のぞ》き込んでくる。

「……あれ？　魔女様に黒衣……？　どうしたんですこんなところで」

「彩禍様が、珍しい虫を見つけたと仰《おっしゃ》いまして」

黒衣がしれっと適当なことを言う。無色はそれに合わせるように苦笑しながらうなずいた。

「ああ……うん。そんな気がしてね」

「そうでしたか。その知的好奇心、さすがです」

瑠璃は感服するように言うと、無色の姿を探すように視線を巡らせた。が、その姿がないことに気づいたのか、眉根を寄せながら首を捻《ひね》る。

「どうかいたしましたか？」

「あ……いや。勘違いだったみたいで——」

と、瑠璃はそこで、何かに気づいたように目を丸くした。

「黒衣？　どうかしたの？　なんだか顔赤くない？」

「えっ？」

瑠璃の言葉に、無色は思わず声を発した。

「……気のせいでは？」

しかし黒衣は平然とした調子でそう言うと、無色に顔を見せないまま路地裏を出ていってしまった。

◇

『無色』と『彩禍』の二重生活を始めておよそひと月。

驚異的な観察眼と妄執じみた学習能力、あとは極めて趣味的なこだわりで久遠崎彩禍としての振る舞いを身につけた無色ではあるが、それでも未だ緊張を覚える場面は少なくなかった。

特に顕著なのは、彩禍の古くからの知り合いと話すときと、自分の行動によって、彩禍の評価や社会的地位を毀損してしまいかねないときだ。

そして今この状況は――その二つのパターンを見事に満たしてしまっていた。

何しろ、彩禍と同じく魔術師養成機関の長《おさ》を務める魔術師を歓待せねばならないというのだから。

「…………」

会場に設《しつら》えられた壇の上で椅子に腰掛けながら、無色は心中の緊張を悟られぬよう細く息を吐いた。

〈庭園〉東部エリアに位置する大ホールは今、簡易的な式典会場へと姿を変えていた。

普段は広大な会場に整然と〈庭園〉の生徒たちが並び、その正面に設えられた壇の上には、教師や騎士たちが腰掛けている。見慣れたホールの景色が、どことなく荘厳《そうごん》な気配を帯びているように感じられた。

「――いかがされましたか、彩禍様？」

無色の様子から何かを感じ取ったのか、黒衣が尋ねてくる。――ちなみにその表情は既に、無色の見慣れた無表情だった。

「ああ、いや。〈楼閣〉の学園長と会うのも久々だと思ってね」

無色は場に合わせるように返した。するとその言葉をどう捉えたのか、黒衣が囁《ささや》くような声で続けてくる。

「そう心配されずとも大丈夫です。〈楼閣〉の紫苑寺《しおんじ》暁星翁《ぎょうせいおう》は、確かに彩禍様の古くからのお知り合いですが、直接顔を合わせる機会がそう多いわけではありません。違和感を気《け》取《ど》られる可能性は低いでしょう」

「ふむ――」

「その点においては、騎士不夜城の方がよほど怖いです」

「凄《すさ》まじい説得力だ」

無色は苦笑を浮かべながら、後方の席に座る瑠璃の方を見やった。

……背筋を伸ばした綺麗《きれい》な姿勢で椅子に腰掛けながらも、血走った目で生徒たちの方に睨《にら》みを利《き》かせている。

とはいえそれは、生徒たちが粗相をしないよう見張っているというわけではなさそうだった。どちらかというと、数多《あまた》いる生徒の中から、誰かの姿を探そうとしているかのような様子である。……無色の姿に戻るのが今から恐ろしくてたまらなかった。

「──ああ、ですが、注意点が一つありました」

そこで、黒衣が思い出したように声を発してくる。無色はとりあえず瑠璃のことは考えないようにしつつ、そちらに視線を戻した。

「注意点？」

「はい。どうか、負けないようにお願いします」

「……？　無論、ベストは尽くすつもりだが──」

「いえ、交流戦の方ではなく──」

と、黒衣が言いかけたところで、会場の上部に設えられたスピーカーから、〈庭園〉管理ＡＩ・シルベルの声が響いてきた。

『──〈影《かげ》の楼閣〉一行が入場されます。皆様、拍手でお出迎えください』

その声と同時、会場の入場門が、ゆっくりと開いていく。

そしてそこに控えていた一団が、一糸乱れぬ歩調で以《もっ》て、会場に入場してきた。

数名の教師たちと、濃色の制服を纏《まと》った一〇〇余名の少年少女たちである。肩章《ストラップ》の先に輝くリアライズ・デバイスが、彼ら全員が魔術師であることを示していた。

やがて、拍手の中行進していた一団が所定の位置に着き、その歩みを止める。

するとそれを先導するように歩いていた教師たちが、無色たちのいる壇上へと上がってきた。

先頭を歩くのは、魔術師然としたローブに身を包んだ老爺《ろうや》である。顔中に深く刻まれた皺《しわ》に、白く長い髭《ひげ》。しかしながらその背はピンと伸び、足取りもしっかりとしたものだった。

間違いない。〈影の楼閣〉学園長・紫苑寺暁星その人だ。事前に黒衣に見せてもらった資料そのままの姿である。

「――久しいな、〈庭園〉の」

紫苑寺は無色の前まで歩みを進めると、そう言って右手を差し出してきた。

「ああ。壮健そうで何よりだ、紫苑寺翁――」

無色は心拍を抑えるように深呼吸をすると、ふっと微笑《ほほえ》みを浮かべ、その手を取るように右手を伸ばそうとした。

――が。

次の瞬間、紫苑寺が、ビッと中指を立ててきた。

「えっ」

突然のことに、キョトンと目を丸くする。

すると紫苑寺はそのまま表情を歪《ゆが》め、長い眉の下から鋭い眼光を覗かせながら凄《すご》んできた。

「去年はよぉぉぉぉくもやってくれたなぁこの性悪魔女め！　毎度毎度卑怯《ひきょう》臭い手を使いおって……！　今までの屈辱、倍にして返してくれる……ッ！」

「ええと……」

老紳士然とした容貌から発された悪罵に、思わず戸惑ってしまう。

確かに〈楼閣〉の学園長は彩禍に強い対抗心を抱いていると聞いてはいたが、まさかここまで直接的に喧嘩《けんか》を売ってくるとは。無色は困惑気味に黒衣の方をちらと見た。

「…………」

すると黒衣は狼狽《うろた》える様子もなく、こくりとうなずいてきた。

別に言葉は発していないのだが、なぜか『ＧＯ』と聞こえた気がした。

……なるほど。『負けないように』とはこういうことか。無色は頬に汗を垂らしながらも、覚悟を決めて紫苑寺に向き直った。

「――おや、卑怯とはご挨拶だね。まさか〈楼閣〉では、勝利に至る努力と工夫のことを卑怯とでも呼ぶよう教育しているのかな？」

「ぬぁんだとこの腹黒魔女が……！　努力と工夫ぅぅぅ⁉　あれがか⁉　〈庭園〉ではあれを努力と工夫と呼ぶのか⁉」

「…………」

……一体去年彩禍は何をしたのだろう。

無色が微《かす》かに汗を滲《にじ》ませていると、紫苑寺の両脇に控えていた教師二人が、彼を宥《なだ》めにかかった。

「ま、まあまあ……落ち着いてください学園長先生」

「そうだぞ爺《じい》様。生徒より熱くなってどうする」

一人は、眼鏡をかけた優しげな女性。もう一人は、身体《からだ》中に幾つもの傷を蓄えた大柄な男である。

二人とも、黒衣に見せてもらった資料に載っていた。確か名は——佐伯若葉《さえきわかば》と蘇芳哲牙《すおうてつが》。双方〈楼閣〉の教師にして、〈庭園〉でいうところの騎士に位置する紫苑寺の側近であった。

どうやら側近二人は理知的らしい。

これで紫苑寺が少しでも落ち着いてくれればよいのだが——

「——あんな悪逆の極みのような女狐《めぎつね》にかかずらっては、お身体に毒ですよ」

「実際わりとカジュアルに毒とか使いそうだし、あんま近づかん方がいいぞ」

違った。少し方向性が違うだけで、二人とも好戦的だった。

無色がどうしたものかと思っていると、紫苑寺が荒れた呼吸を整えるようにしながら不敵な笑みを浮かべてきた。

「……まあいい。今年の〈楼閣〉はひと味違うぞ。去年のようにいくとは思わぬことだ」

「ほう、それは楽しみだ。──今から君が蹲《うずくま》る姿が」

「ふん……言っておれ！」

そこで、会話が一段落したことを察したのだろう。スピーカーから再度シルベルの声が響いてきた。

『──和やかな挨拶が終わったところで、早速、交流戦代表の紹介に移りたいと思います。名を呼ばれた生徒は、壇上へお上がりください』

ＡＩの目からは今のが和やかな挨拶に見えたのだろうか。それとも高度な皮肉だろうか。その判別は付かなかったが……早く式を進めたいのは無色も同じである。シルベルの進行を妨げないように、紫苑寺から視線を切る。

すると次の瞬間、パッと会場の照明が落とされたかと思うと、壇上に映像が投影された。

『──〈空隙の庭園〉代表。三年、萌木《もえぎ》仄《ほのか》』

そしてシルベルのコールとともに、派手なエフェクトが展開され、生徒の写真と名前が映し出される。学校の交流戦というよりも、格闘技の興行のような調子だった。

「は、はい！」

少し照れくさそうな顔をしながら、〈庭園〉の制服を着た少女が壇上に上がる。会場から、割れんばかりの拍手と歓声が響いた。

『三年、篠塚橙也《しのづかとうや》』

「ああ」

次なるコールに合わせ、今度は長身の男子生徒が壇上に上がる。彼が手を振ると、会場から黄色い歓声が飛んだ。

『二年、不夜城瑠璃』

「――はい」

名を呼ばれ、既に壇上に控えていた瑠璃がすっくと立ち上がる。

すると、それまでとは比較にならない大歓声が会場を包み込んだ。

さすがS級魔術師にして〈騎士団〉の一角。知名度・人気ともに高いらしい。

普段の瑠璃を知る身としては、なんだか少し不思議な感覚だった。

と、そんな歓声の中、シルベルが言葉を続ける。

『続いて二年、玖珂無色ですが、本日は体調不良により欠席となっています』

これは、事前に連絡を入れておいた事項であった。無色が彩禍として式に出席する以上、登場のしようがないためだ。

会場に、先ほどまでとは打って変わってブーイングが吹き荒れる。……それは、「せっかくの交流戦開会式なのに選手が欠席なんて」というようにも取れたし、「逃げてんじゃねーよ彼ピ」というようにも取れたが……無色はとりあえず深く考えないことにした。

紹介された〈庭園〉代表はこれで四人。残るはあと一人である。

投映された映像に一際《ひときわ》大きなエフェクトが展開され、その生徒の名と写真がでかでかと表示される。

『──二年。久遠崎彩禍』

その、生徒の名と、写真が。

「…………………………んん？」

そこに表示されたものを見て、無色はしばしの無言ののち、首を捻《ひね》った。

何だか、おかしなものを見た気がする。

しかし、対する〈楼閣〉の面々の驚愕《きょうがく》っぷりは、無色のそれを遥《はる》かに超えていた。

『────ちょっと待てぇぇぇぇぇぇぇぇぇぇぇぇぇぇぇぇっ⁉』

壇上に居並んでいた〈楼閣〉の教師陣、及び会場の生徒たちが、一斉に悲鳴じみた声を上げる。あまりの大音声《だいおんじょう》に、会場の空気がビリビリと震えた。

「ど、どういうことだ〈庭園〉の⁉　なにゆえ貴様の名がそこに表示されるッ！」

紫苑寺が、狼狽《ろうばい》を露《あら》わにしながら指を突きつけてくる。

「ああ、いや、これは――」

と、無色が困惑しながらも言葉を返そうとすると、それに被《かぶ》せるかのように、シルベルが続けた。

『さーちゃん――もとい、久遠崎彩禍は、先月〈庭園〉に編入しました。出場資格を有しています』

「……はぁっ⁉」

紫苑寺が、理解できないといった様子でくわっと目を剝《む》く。

『魔術師等級、戦闘実績、ともに学内でも最高峰です。あらゆる観点から見て、〈庭園〉代表に相応《ふさわ》しいと判断しました』

「そりゃあそうだろうけども！」

駄々っ子のように壇上に踵《かかと》を打ち付けながら、紫苑寺。

……いや、まあ、シルベルの言うことは間違っていないのだが、確かに突然外部の人間が聞いたら混乱しそうな出来事ではあった。

「……黒衣？」

皆が困惑する中、無色は声をひそめて、後方にいた黒衣に話しかけた。

「なんでしょうか」

「……ええと、わたしの記憶が確かなら、代表については裏から手を回しておくという話ではなかったかな？」

「はい。なので裏から手を回し、彩禍様を代表に捻《ね》じ込んでおきました」

「…………、なるほど？」

思わず「なんで!?」と叫び出しそうになってしまうのを堪《こら》え、至極落ち着いた調子で返す。彩禍に狼狽や焦燥は似合わない。

「一応聞いてもいいかな。なぜわたしが代表に？」

「手を尽くしましたが、やはり無色さんの登録を取り消すことはできませんでした」

「ふむ」

「なので別の生徒の枠を彩禍様に変更しておきました」

「……別の生徒は変更できたのに、なぜ無色は外せなかったんだい？」

「代表五名の中にも優先度があったようです。神話級滅亡因子を倒した記録のある無色さんは変更が受け付けられませんでした」

「……なるほど。それで、なぜよりによってわたしを？」

無色が問うと、黒衣は、ふんす、と鼻から息を吐きながら答えた。

「『彼女』を倒したのは確かですが、無色さんの魔術は非常に不安定です。ましてや相手は〈楼閣〉の精鋭。あっさりやられてしまう可能性も否定できません」

「まあ……それはそうだね」

「無色さんの穴を埋める戦力がいなければ——交流戦に負けてしまうかもしれないではありませんか」

「——」

そこで、無色はようやく気づいた。

——先日からあまり交流戦に対して興味のない素振りをしていたが、内心、誰よりも彼女が勝ちにこだわっているということに。

「…………かわいい」

無色は、ほんのりと頬を染めながらぽつりと呟《つぶや》いてしまった。

「何か？」

「いや、なんでも」

と、無色が誤魔化すように咳払《せきばら》いをすると、ようやく状況を呑《の》み込んだと思《おぼ》しき紫苑寺が、凄《すさ》まじい形相でこちらを睨《にら》んできた。

「お、おのれ〈庭園〉のォォォ！　今年は何を仕掛けてくるかと思えば、このような汚い手を……！　そこまでして交流戦に勝ちたいか貴様ァァァ────ッ！　というか今気づいたがその服、〈庭園〉の制服かぁぁぁぁっ！　小賢しい真似をしおってぇぇぇ！」

「えっ」

紫苑寺が手を戦慄《わなな》かせながら、憎々しげに無色を指さしてくる。どうやら彩禍が、この交流戦に出るのを目的に自らを編入させたと思ってしまったらしい。

するとその言葉に、他の教師たちも表情に戦慄を滲ませる。

「なんて卑劣な……！　これじゃあ極彩《ごくさい》ならぬ極悪の魔女じゃない！」

「畜生……汚《きたね》え、汚えよぉぉぉっ！」

「……いや、あのだね」

どうやら完全に誤解されてしまったようだ。

無色が彩禍として〈庭園〉に編入したのはまったく別の理由からなのだが……さすがにそれを説明するわけにもいかない。無色はどうしたものかと腕組みした。

と、そんな無色の意を察したかのように、瑠璃がすっと前に出る。

「瑠璃——」

「ここはお任せを」

どうやらこの場を収める自信があるらしい。無色はその背中に頼もしさを覚えながら、その場を託すようにこくりとうなずいた。

だが。

「——先ほどから聞いていれば何ですか。大の大人がピーチクパーチクと。この交流戦の最大目的は、魔術師の戦技向上でしょう。それとも、自分の手に負えない強大な滅亡因子が現れたときも、あなた方はそんなの卑怯《ひきょう》だルール違反だと喚《わめ》くのですか？　随分とまあ頼もしい魔術師もいたものですね」

「な、何だと……っ⁉」

違った。場を収めるどころか、完全に煽《あお》りにかかっていた。

恐らく先ほどから彩禍のことを悪し様《あざま》に言われていたことにも腹が立っていたのだろう。いつもより言葉の切れ味が鋭い気がした。……正直無色としてもちょっとだけすっきりはしてしまった。

とはいえ、その発言によって壇上の空気がより剣呑《けんのん》なものになってしまったのは事実であった。このままでは明日の交流戦を待たずにデスマッチが始まってしまいかねない。

と――

「――失礼」

そこで、場の空気を裂くように現れた影があった。――黒衣だ。

「……なんだ、君は」

「お初にお目にかかります、紫苑寺学園長。彩禍様の侍従を務めております、烏丸《からすま》黒衣と申します」

黒衣は至極丁寧に礼をすると、淡々と言葉を続けた。

「〈楼閣〉の皆様の狼狽ももっともでございます。……かく言うわたしも、常日頃から彩禍様に無理難題を仰《おお》せつかっている身。皆様のご心中、お察し申し上げます」

「む、ぅ……」

紫苑寺が、慇懃《いんぎん》な挨拶に気勢を削《そ》がれたかのように唸《うな》る。黒衣はそんな機を逃すまいとするかのように続けた。

「つきましては、〈庭園〉側から提案がございます」

「提案？」

「はい。――彩禍様の参戦は、他の生徒が二名脱落したのちとし、使用魔術も第一顕現までとする、ということでいかがでしょう」

「…………！」

黒衣の言葉に、紫苑寺が目を丸くする。

「……本気か？」

「無論でございます。――ですよね、彩禍様？」

黒衣が同意を求めるように視線を寄越してくる。

無色としては、黒衣がそう言うのであれば異存などあろうはずがない。大仰にうなずきながら「ああ」と返してみせた。

「…………」

紫苑寺はしばしの間考え込むような様子を見せると、やがて顔を上げてきた。

「……よかろう。不本意ではあるが、不夜城くんの言《げん》も確かではある。

――だが、一つ条件がある」

「伺おう」

無色が言うと、紫苑寺はこくりと首肯した。

「〈楼閣〉側の代表生徒紹介を、一〇分だけ待ってもらいたい」

「ふむ……？」

不思議な提案に、無色はちらと黒衣の方を見た。すると黒衣が、構いません、というように小さくうなずいてくる。

「いいだろう。こちらとしては異存ない」

「……ならばこれより一〇分後、再開してくれ」

紫苑寺はそう言うと、側近二人を連れて壇を下り、会場の奥へと姿を消した。

そんな背を見送ってから、無色は小さく首を傾《かし》げた。

「一〇分……か。何をするつもりだろうね」

「——大方、代表選手の入れ替えでしょう。対彩禍様に特化した編成にしてくるのではないかと」

黒衣がぽつりと返してくる。無色は「なるほど」とあごを撫《な》でた。

そして——それからちょうど一〇分後。

『——では、〈楼閣〉側の代表生徒紹介を始めます』

紫苑寺たちが戻ってくるのも待たず、スピーカーからシルベルの声が響き始めた。

『三年、松葉《まつば》タケル』

「おおっ！」

コールに合わせ、〈楼閣〉の男子生徒が壇上に上がる。野太い声援がその背を押すように響いた。

だが、問題はここからだった。

『続きまして、三年、根岸翔《ねぎししょう》に代わりまして――一年、蘇芳哲牙』

「――はいっ！」

聞き覚えのある名と声を耳にして、無色は目を丸くした。

見やるとそこに、先ほど壇上から姿を消した〈楼閣〉教師・蘇芳哲牙がいることがわかる。

「…………へ？」

否《いな》――正確に言うのならば、先ほどまでとは少し違う点があった。

その姿を見て、無色は唖然《あぜん》とした顔を作った。

しかしそれも無理からぬことだろう。何しろ、身体《からだ》中に傷を蓄えた、年の頃三〇代半ばくらいの厳《いか》つい男が、〈楼閣〉の制服を無理矢理着込んでいたのである。明らかにサイズが合っていなかった。何なら背中はガムテープで補修されていた。

しかし当人は気にする素振りもなく、堂々たる様で代表生徒の位置に立ってみせた。丸太のように太い腕で腕組みなどするものだから、辛《かろ》うじて形を保っていた制服の袖が悲鳴を上げる。

「俺に任せておけば、万事オッケーさ！」

などと言って、無邪気な笑みを浮かべてみせる。明らかに先程までとキャラが違った。もしかしたら彼なりに『若さ』をイメージした役作りなのかもしれない。

『三年、新橋眞子《しんばしまこ》に代わりまして――一年、佐伯若葉』

「――うぇーい！」

次いで、紫苑寺の側近の一人、佐伯新葉が壇上に躍り出る。

その紹介を聞いて嫌な予感はしていたが――やはり彼女もまた、その身に〈楼閣〉の女子制服を纏《まと》っていた。

「…………」

なんというのだろうか、妙齢のご婦人が、ぱつんぱつんの制服を纏っているのは、蘇芳のときとはまた別の破壊力があった。会場から、「うわぁ……」「なんか怪しいお店みたい……」「逆にエロい……」などと、ざわめきが巻き起こる。

だが本人はさして気にした風もなく、どことなく上目遣いで続けた。

「てゆーかぁ、交流戦とかマジだるでチョベリバMK5、みたいなぁ？」

などと、何やら不可思議な言語を操ってみせる。あれも彼女なりの若さの演出なのだろうか。無色にはよくわからなかった。

しかし、それで終わりではなかった。シルベルが次なるコールを響かせる。

『三年、桑染晴樹《くわぞめはるき》に代わりまして——一年、紫苑寺暁星』

「——ふわぁい！」

そんな声とともに現れたのは、予想通り〈楼閣〉学園長・紫苑寺暁星だった。

無論彼もまた、その身に学生服を纏っている。

「ボク、こういうの初めてなんだけど……精一杯がんばりましゅ！」

「——いやなんでよ⁉」

そこで突っ込みを入れたのは、無色の前に立った瑠璃だった。たまらずといった調子で、〈楼閣〉代表生徒（を名乗る教師陣）に指を突きつける。

すると紫苑寺が、不敵な笑みを浮かべながらあごを上げてみせた。

「ふ……何か問題でもあるのか？　我々はつい今し方〈楼閣〉に編入したピカピカの一年生三人衆よ。どこかの誰かの屁理屈《へりくつ》が許されて、我らが許されぬ道理はあるまい。——よもや卑怯とは言うまいなぁ？」

紫苑寺をはじめとした三人が、ふっふっふ……と笑ってみせる。最初に紹介された普通の生徒は、少し気圧《けお》されるような顔をしながらもそれに合わせていた。

……色々と滅茶苦茶《めちゃくちゃ》だったが、やっていること自体は〈庭園〉側と大差なかった。彩禍が代表にいる以上、認めないわけにはいくまい。無色は汗を滲《にじ》ませながら首肯した。

「ま、まあ……確かに、示した条件を違《たが》えてはいない。そちらがそれでよいのであれば認めよう。だが――」

「だが、なんだ？」

「代表は五名のはずだろう？　あと一人はどうしたのかな？」

無色が問うと、紫苑寺はニッと唇の端を上げた。

「――よくぞ聞いた。最後の一人こそ、〈楼閣〉の秘蔵《ひぞ》っ子。打倒〈庭園〉のために用意した最強の刺客である」

「秘蔵っ子……？」

「そう。その名は――」

と、紫苑寺が言いかけたところで。

「――――とうっ！」

どこかからそんな声が響いてきたかと思うと、生徒の居並ぶ会場から、一つの人影が壇上に飛び上がってきた。

そしてその人影は空中でくるりと一回転すると、格好いいポーズを決めながら壇上に着地してみせた。

「……！　君は――」

その顔を見て、無色は思わず目を丸くした。

二つに括《くく》られた派手な色の髪。唇の間から覗《のぞ》く犬歯。そして、大小様々なイヤーカフ。

そう。そこに現れたのは、ＭａｇｉＴｕｂｅの人気配信者・クララこと、鴇嶋喰良その人だったのである。

だが、正確に言うならば一点、無色の記憶と異なる点があった。

喰良は今その身に、紫苑寺たちと揃《そろ》いの制服を纏っていたのである。

「ふぃーっ、ようやく見つけたっすよぉ、〈庭園〉の魔女様ぁ──」

喰良がゆらり、と顔を上げ、無色の目を見つめてくる。

「…………っ」

無色は微《かす》かに眉根を寄せた。彼女の双眸《そうぼう》に宿る感情が、『無色』の身体でいるときに向けられたものと、明らかに異なっているように思われたのである。

「──喰良!?　その制服、〈楼閣〉の……!?」

瑠璃が驚愕《きょうがく》を露《あら》わにしながら喉を絞る。

すると、まるでそれに合わせるかのようなタイミングで、壇上に投影された映像に、『鴇嶋喰良』の名と画像が表示された。

「──〈楼閣〉、最後の……代表？　君が……？」

無色が訝《いぶか》しげに問うと、紫苑寺がバッと両手を広げた。

「その通り。こやつこそは〈楼閣〉の秘密兵器！　不夜城瑠璃に勝るとも劣らぬ逸材よ……！」

喰良はちらと映像の方を一瞥《いちべつ》し、「ああ」と軽い調子で答えた。

「そういえばそんなのもあったっすねぇ。偵察のためにちょっと前入りしてたんすよ。ただ、まあ、今となっちゃあわりとどーでもいいことっす。それよりも――」

喰良は壇上に設置されていたマイクを手に取ると、ビッと無色に指を突きつけてきた。

そして、〈庭園〉と〈楼閣〉の教師及び生徒たちに響き渡るような音量で、高らかに宣言する。

「――魔女様！　むしピのカノジョの座を賭けて、アタシ様と勝負っす！」

突然告げられたその言葉に――

「…………は？」

その当人であるところの無色は、ただただ目を点にすることしかできなかった。

第三章【対決】魔女様VSクララ、愛の三番勝負

人類の歴史において、常にトップコンテンツであり続けるものが二つある。

一つは『闘争』。

そしてもう一つは『恋愛』だ。

有史以来、人は心躍る英雄譚《えいゆうたん》に熱狂し、麗《うるわ》しき愛の物語に胸を焦がしてきた。

如何《いか》に時代が移り変わり、技術革新が起こり、世が変革されようとも、この嗜好《しこう》が変わることはなかった。

それも当然だ。それらは双方、人が生き、命を繋《つな》いでいくための、根源的な欲求に根ざした快楽なのだから。

人は集団の中で生きていく以上、己の命を、仲間を、財産を守るために競い合わねばならず、子孫を残すためには生殖の相手を見つけなければならない。

とはいえ無論、実際の人生においてそれらが全て理想通りにいくことはまずない。

だが——いや、だからこそ、人は夢中になるのだ。

血湧き肉躍る『誰か』の武勇伝に。

美しく、あるいは醜悪に彩《いろど》られた『誰か』の恋物語に。

そして、世界の裏側で活動してきた魔術師もまた人間である以上、その例に漏れなかった。

要は——

凄腕《すごうで》の魔術師二人が、恋人を賭けて相争うなどという、二つの要素を兼ね備えたイベントが、盛り上がらないはずはなかったのである。

「……困ったことになったね」

「困ったことになりましたね」

〈楼閣《ろうかく》〉生徒を迎えての歓迎式典のあと。

学園長室に戻った彩禍《さいか》姿の無色《むしき》と黒衣《くろえ》は、渋い顔をしながら向かい合っていた。

まあ、正確に言えば渋面を作っているのは無色のみで、黒衣は相変わらず無表情だったのだが、内心だいぶ困っているであろうことはなんとなくわかった。

二人の困惑の原因は当然、喰良《くらら》のことだった。

今からおよそ三〇分前。〈楼閣〉最後の代表生徒として壇上に現れた喰良が、あろうことか公衆の面前で、彩禍に対し勝負を持ちかけたのである。

――しかも、無色の彼女の座を賭けて、ときたものだ。

「WeSPER《ウィスパー》はその話題で持ちきりですね。トレンドワードに載ってしまっています」

「WeSPER?」

黒衣がスマートフォンの画面を見ながら言ってくる。無色は小さく首を傾《かし》げた。

「魔術師専用SNSの一種です。以前ご紹介したものとは異なり、不特定多数に短い文章を公開することができます」

言って、黒衣が画面を示してくる。『極彩《ごくさい》の魔女VSクララ、愛の勝負開幕⁉』という記事に、いくつものコメントが付いていた。……さすがは現代魔術師たち。実に現代的な方法で情報を共有しているようだった。

「なぜあの場でもっとはっきりと断らなかったのですか」

「……すまない」

黒衣の言葉に、無色は額に手を当てながらうめくように言った。

そう。あのあと呆気《あっけ》に取られる皆をよそに、喰良は勝手に話を進めてしまい、何が何だかよくわからないうちに話がまとまって――少なくとも周囲にはそう取られて――しまったのだ。

その結果、無色は何一つ具体的な返事をしていないにもかかわらず、勝負が行われる流れになっていたのである。実際今、〈庭園《ていえん》〉の中はその噂《うわさ》で持ちきりだった。

「……だが、あそこで『何を言っているかわからないな』などと言ったら、それこそ喰良は我が物顔で無色のもとに押しかけてくるのではないかと思ってね……」

「それは……そうかもしれませんが」

黒衣が小さく息を吐く。無色もまた、それが移ってしまったかのような調子でため息を吐《つ》いた。

まったく、面倒なことになってしまった。しかもよりにもよって、挑まれたのが『無色の争奪戦』ときたものだ。……自分で自分を争奪する。一体どうすればよいのだろうか。まるで哲学的な命題を突きつけられているかのような感覚だった。

と、無色がそんなことを考えていると、黒衣が何かを思いついたように視線を戻してきた。

「ではこうしましょう。喰良さんに、『わたしと無色の間に、君が付け入る隙などはない』と宣言するのです。両思いということになれば、喰良さんとて――」

「――それはいけません！」

無色は、思わず声を上げていた。

呆気に取られるような黒衣の様子を見て、ハッと肩を震わす。

「すみません。突然大声を。それに口調も……」

「いえ。構いません。話しやすい方でどうぞ。今ここにはわたししかいませんので」

黒衣が促すように言ってくる。無色は小さく頭を下げてから続けた。

「……確かに、今の俺は彩禍さんの身体《からだ》です。事情を知らない人からすれば、俺の言葉は彩禍さんの言葉になってしまいます。俺がそう言えば、喰良が大人しく諦める可能性もあります」

でも、と無色は拳を握った。

「俺はあくまで、彩禍さんの身体を守っているだけに過ぎません。彩禍さんの意思を無視して勝手に発言することは――しちゃいけないと思うんです。特に、こういうことに関しては」

「…………」

無色の言葉に、黒衣はしばしの間無言になったのち、ふうと息を吐いた。

「そうですね。わたしが浅慮でした。ご容赦を」

「……！　いえ、そんな――」

と、そこで無色は目を丸くした。

仮面の如《ごと》き黒衣の表情が、微《かす》かに変化しているように見えたのである。

「黒衣……今ちょっと笑いました？」

「さて、何のことでしょう」

黒衣は瞬時にいつもの無表情に戻ると、とぼけるように視線を逸《そ》らした。

が、すぐに気を取り直すように、顔の向きを戻してくる。

「――しかしそうなると、対応策を考えねばなりません。喰良さんの発言は〈庭園〉と〈楼閣〉の生徒および教師に知れ渡ってしまっています。無論、彩禍様の立場からすれば、無視してしまうこともできなくはありませんが――」

「――それは、彩禍さんらしくない。……ですよね？」

「その通りです」

黒衣は無色の言葉に同意を示すように、こくりとうなずいた。

「幸い彩禍様は、具体的な言葉を発してはおられません。これはあくまで無色さんが彩禍様に思いを寄せていると聞いた喰良さんの暴走であり、彩禍様はそれに巻き込まれた形です。――とはいえ、仮にも勝負を挑まれた以上、それから逃げるのは彩禍様らしくありません」

ならば、と黒衣が続ける。

「――彩禍様がすべきは、その決闘の申し出を面白がって真正面から受け止めること。そして鼻歌交じりに彼女を打ち負かすことです。無色さんの彼女云々《うんぬん》に関してはあくまで喰良さんの発言。勝ったからといって何をせねばならないという縛りはないはずです。彩禍様はあくまで、挑まれた勝負を受けただけなのですから。

ですが喰良さんとしては、自分から持ちかけた勝負です。皆の前で敗北を喫すれば、さすがに無色さんを諦めてくれるでしょう」

「……なるほど——」

無色は納得を示すようにうなずくと、椅子からすっくと立ち上がった。

「確かにそれでこそ——わたしだ」

そして、部屋の奥の姿見《すがたみ》に映った姿を見ながら、彩禍の口調でそう言う。

黒衣は同意を表明するように首肯した。

「……まあ、自分を取り合う勝負を自分でするって、だいぶ意味がわからないけれどね」

「それは言いっこなしです」

黒衣は半眼で言うと、再度スマートフォンを操作した。

「現在〈庭園〉内では、明日の交流戦に向けての前夜祭が行われています。——そしてどうやら喰良さんは、彩禍様との対決用に特設ステージを設営している模様です。律儀《りちぎ》に多目的ホールの使用申請が出ています」

「それはそれは。随分と気の早いことだ。わたしが勝負を突っぱねるなどとは微塵《みじん》も思っていないようだね」

「そこまで考えが至っていないのか、それとも、そこまですれば彩禍様が勝負を受けざるを得ないと考えているのか……どちらにせよ、厄介な相手には違いありません。ですが──」

「──ああ。行こうか黒衣。そして当然の如く、勝利を拾って凱旋《がいせん》するとしよう。如何な戦いといえど、久遠崎《くおざき》彩禍に逃走と敗北は似合わないのだから」

「はい。お供いたします」

黒衣は無色の言葉に満足げにうなずくと、学園長室の奥にある扉の方へと歩いていった。

中央学舎最上階の、屋外に面した壁に設《しつら》えられた扉。本来であればその先に広がっているのは虚空《こくう》のみだ。施工《せこう》主のジョークか、職人のミスか、さもなくば開けた者を奈落へと誘《いざな》うトラップとしか思えない、異常な設備である。

しかし、黒衣がノブを握って扉を開けると、その先には、予想された虚空とは別の空間が広がっていた。

「どうぞ」

「ああ」

無色は黒衣の言葉に従い、ゆったりとした足取りで扉をくぐった。そのあとを黒衣が追い、ぱたんと扉を閉じる。

——無色たちが出た先は、〈庭園〉西部エリアに位置する多目的ホールであった。最奥《さいおう》にステージがあり、そこから扇形に客席が広がっている。

客席は既に満員状態。〈庭園〉と〈楼閣〉、双方の制服が見て取れた。

そしてその視線の先に——

『はーい！　みんなよく集まってくれました。んじゃあ魔女様が来るまで、アタシ様オンステージでもいっときますー？』

渦中《かちゅう》の魔術師・鴇嶋《ときしま》喰良の姿があった。

喰良はマイクを片手に、場を盛り上げるように軽快に話を続けていた。よく見ると、〈スライム〉討伐の際と同じように、羽の付いたスマートフォンが空を舞っている。どうやらまた生配信をしているようだった。

と——

『——んおっと⁉』

次の瞬間、喰良が目を見開いた。

とはいえ、その理由は考えるまでもない。

なぜなら今、喰良と無色は、完全に目が合っていたのだから。

喰良はニッと顔を笑みの形にすると、大仰な所作で以《もっ》て、皆の視線を無色の方に誘導した。

『──みんな、入り口にご注目っす！〈空隙《くうげき》の庭園〉学園長にして世界最強の魔術師！久遠崎彩禍様の入場っす！』

『…………！』

喰良の声に誘われるように、観客たちが一斉に無色の方を向き──会場が割れんばかりの拍手と地鳴りのような歓声に包まれる。

無色は一瞬気後《きおく》れしそうになりながらも、彩禍の表情と動作を崩すことなく、余裕に満ちた笑みを浮かべながら手を振ってみせた。

そして、ゆったりとした足取りで以て、客席の間の通路を通り、ステージの方へと歩いていく。

「──魔女様っ！」

と、ステージに上がる寸前。

不意に聞き覚えのある声が聞こえてきて、無色はそちらに視線をやった。

「おや、瑠璃《るり》。それに緋純《ひずみ》も。観戦に来ていたのかい？」

そう。そこにいたのは瑠璃と緋純だった。最前列の席に陣取り、落ち着かない様子の表情を作っている。

「はい。あの喰良とかいう女……彼ピ宣言だけじゃ飽き足らず、魔女様まで巻き込んでこんなことを……！　本当なら私が潰《つぶ》してやりたいところですけど……これは仮にも魔女様が挑まれた戦い。それを横から奪うわけにはいきません」

瑠璃はぷるぷると拳を震わせながら言うと、熱っぽく続けてきた。

「……どうか、どうかあの無礼な女に、目にもの見せてやってください」

「はは、これは大役を仰《おお》せつかってしまったな。まあ、せいぜい頑張ってみるさ」

無色は適度に軽い調子でそう答えた。それが一番、この場において彩禍らしい反応であるという自信があったのである。

実際、瑠璃の解釈も一致していたらしい。険しい顔をしながらも、こちらを信頼するようにうなずいてくる。

「──ところで魔女様」

「なんだい？」

「兄様の彼女の座を賭けた戦いって、喰良が勝手に言ってるだけですよね？」

瑠璃が、九九パーセントの信頼に、一パーセントの心配を混ぜたような表情を作りながら問うてくる。

無色は一瞬答えに窮しそうになりながらも、こくりとうなずいてみせた。

「……ん、その通りだよ。なぜかわたしに勝てば彼と付き合えると思い込んでいるようだが」

「ですよね！　魔女様が兄様を好きだなんてあるはずないですよね！」

無色の言葉に、瑠璃がパァッと顔を明るくしながら言ってくる。

「………………」

……まあ、最初からそういう想定で落とし所を作ろうとしていたのだが、改めて言葉にされると、ずんとボディに響いた。無色はどうにか笑顔の仮面が剝がれないようにしながら曖昧に返した。

するとそこで、通路を挟んだ反対側の席から、含み笑いをするような声が聞こえてくる。

「――くくく、目にもの見せる、か。果たしてそう上手《うま》くいくかな？」

そこに座っていたのは、〈楼閣〉の制服を纏《まと》った、白髪と白髭《しろひげ》が特徴的な老爺《ろうや》だった。

そんな特徴を備えた人物は一人しかいない。〈楼閣〉学園長にしてピカピカの一年生、紫苑寺《しおんじ》暁星《ぎょうせい》その人である。よく見ると同じ並びに、ぱつぱつの制服を纏った蘇芳《すおう》哲牙《てつが》・佐伯若葉《さえきわかば》両名の姿も見受けられた。

「紫苑寺翁《おう》たちまでいたのか。というか、まだその格好をしていたのかい？」

「まだとはなんだ、まだとは。仮にも〈楼閣〉生徒である以上、当然の装《よそお》いである」

「うん、いや、まあ、それはそうなのだけど」

「そして鴇嶋パイセンの応援をするのもまた、新入生として当然である」

「パイセン」

「最近の学生は先達《せんだつ》のことをそう呼ぶと聞いたのだが」

紫苑寺が「違うのか？」というように首を傾《かし》げてくる。

まあそう呼ぶ者もいるのだろうが、老境に至った紳士にはあまり似合わない言葉のように思えてならなかった。

と、そんなやりとりを聞いてか、反対側の席から瑠璃が声を上げてくる。

「……というか紫苑寺学園長。あんな勝手許していいんですか？　だいぶ滅茶苦茶《めちゃくちゃ》やってると思うんですけど」

「問題ない。我が〈楼閣〉は生徒の自主性を尊重しているのでな」

「……実際のところは？」

「注意したところであの自然発火式爆竹娘が大人しくするとも思えんし、交流戦前に少しでも〈庭園〉のを消耗させることができれば御《おん》の字《じ》――」

「………………」

「──はっ」

紫苑寺がピクッと肩を震わせる。そしてふっと目を伏せた。

「さすがは不夜城《ふやじょう》パイセン。よもや私から失言を引き出すとは」

「いや……別に何もしてませんけど……」

瑠璃が頬に汗を垂らしながら言う。……どうやら喰良には〈楼閣〉側も手を焼いているらしかった。

とはいえ、だからといって尻尾を巻くわけにもいかない。

──今の無色は玖珂《くが》無色ではなく、〈庭園〉の看板を背負った久遠崎彩禍なのだから。

「………………」

無色は決意を新たにすると、黒衣を従えてステージに上がり、そこで待ち構えていた喰良と対峙《たいじ》した。

「んっふっふ……来ましたね魔女様。

……正直無視されたらどうしようってホンのちょっとだけ思ってたっす。そこはマジあざっす。ぶっちゃけ助かりました」

喰良が不敵な笑みを浮かべながら言ってくる。ちなみに後半の台詞《せりふ》は小声だった。迷惑この上ない少女ではあるのだが、こういうところはどこか憎めないのだった。

「――とはいえ、勝負は勝負っす！　アタシ様は魔女様に勝って、むしピのハートを射止めてみせるっす！」

言って、喰良がビシッと指を突きつけてくる。

極彩《ごくさい》の魔女にこのような物言いができる者は、少なくとも〈庭園〉の生徒にはおるまい。よくも悪くも、肝が据わっているのは確かなようだった。

「…………」

無色はちらと、後方に立つ黒衣に目配せした。

するとその意図を察したように、黒衣がこくりと首肯してくる。

無色はふっと微笑《ほほえ》むと、喰良に向き直り、高らかに宣言するように言葉を発した。

「ふふ、いいだろう。如何《いか》な理由とはいえ、わたしが背を見せることはない。――君を降して、無色の恋人となる資格を手に入れるとしよう」

無色の宣言に、会場がわぁっと盛り上がりを見せる。

無論、本気で言ったわけではない（いや、無色としては本気であってほしいのだが）。

ただ、もしも彩禍がこのような事態に巻き込まれた場合――場を盛り上げるように話に乗るのがもっとも『彩禍らしい』行動であると思われたのである。

そして軽やかに相手を降したのち、しかし賞品には手を付けずに、「楽しい勝負だったよ」と去っていく。

これこそが、『久遠崎彩禍』としての解決法であると、無色は信じて疑わなかった。

実際、黒衣も同意を示したということはそう思っていたのだろうし、客席最前列で無色を見守る瑠璃も、さほど驚いた様子は見せていなかった。

何なら驚愕《きょうがく》を露《あら》わにする隣の席の緋純に、「ふふ、落ち着きなさい緋純。今のは魔女様流のマイクパフォーマンスよ」と説明するような余裕さえ見せていた。声が聞こえたわけではないのだが、まず間違いないだろうという確信があった。解釈の一致率が高くて助かる。

反して無色と向かい合う喰良は、「えっ、まさか本当に魔女様もむしピのことを……？」というような表情を浮かべている。まだまだ彩禍に対する理解が浅かった。

「——それで、勝負の方法は？　やはり模擬戦かな。顕現段階はいくつまでだい？」

「ちょ、ちょ、ちょ」

と、無色が尋ねると、喰良は焦《あせ》ったように手のひらを広げてきた。

「待ってください。それは明日のホンバンに取っておきましょーよ。んもー、魔女様ったらお茶ー目さん☆」

などと、可愛《かわい》らしい仕草で戯《おど》けてみせる。

ちなみにその額には、びっしり汗が浮かんでいた。

当然といえば当然ではあるが、一対一の模擬戦形式で彩禍に勝つ自信はないらしい。

「では、何で勝負するんだい？」

「えっとですね――」

『――お待ちを。ここからは私が取り仕切らせていただきます』

と、喰良が言いかけたところで、ステージの中央が光り輝き、そこに一人の少女が出現した。

〈庭園〉管理ＡＩ・『シルベル』である。

「のわっ⁉　びっくりした！　ＡＩのおねーさんじゃないっすか」

「――シルベル？」

『やぁん。さーちゃんったら。いつもみたいに姉さんって呼んでください♡』

無色が名を呼ぶと、シルベルはイヤイヤをするように身を揺すってみせた。その動作に合わせて、豊満な乳房が左右に揺れる。会場から『おお……っ』と息を呑《の》むような声が聞こえた。

黒衣から、『姉』であることに異常なこだわりを見せるＡＩであるとは聞いていたが、どうやら彩禍さえも例外ではないらしい。

「さーちゃん……」

無色はその甘美な響きを口の中で転がした。

……なるほど。そういうのもあるのか。

それまで想定もしていなかった彩禍の妹要素に、ちょっとドキドキしてしまう無色だった。

が、あまり心拍数を上げすぎては、無色の身体《からだ》に戻ってしまう恐れがある。無色は心を落ち着けるように深呼吸をしてから、シルベルに向き直った。

「ああ、そうだったね、姉さん。――それで、一体なぜ君がここに？」

『仮にも勝負である以上、中立の立場でルールを定める者は必要でしょう。となれば、みんなのお姉ちゃん、シルベルの出番です。それともさーちゃん、くらりんが決めた種目で戦いたいですか？』

シルベルが小首を傾げながら言ってくる。どうやら喰良はくらりんと呼ばれているらしい。

「ふむ……」

まあ、確かに彼女の言うとおりではある。勝負である以上、司会進行と審判は必要になってくるし、喰良に種目の選択を任せれば、自分にとって有利な勝負を持ちかけてくるに違いなかった。

とはいえ、ただ納得を示すのでは彩禍らしくない。無色はふっと不敵に微笑んでみせた。

「別に、わたしはそれでも構わないがね?」

『うふふ、さーちゃんのそういうところ、格好よくて好きですよ』

でも、とシルベルが続ける。

『〈庭園〉を守るみんなのお姉ちゃんとして、不公平《アンフェア》な勝負は見過ごせません。くらりんも、それでいいですね?』

「あー、はい。お任せします。やっぱフラットなルールで勝たないと、ちゃんと勝ったことになりませんし。――断じて、具体的な勝負方法を考えてなかったとか、そういうことはないっすよ? フェアプレイ精神の為《な》せる業《わざ》っすからね?」

喰良が念を押すように言う。客席からあははと笑い声が聞こえてきた。

『――結構。では不肖このシルベル、さーちゃんとくらりんの勝負に立ち会わせていただきます。どちらも可愛い妹なので心苦しいですけど、負けちゃった方はよしよししてあげますね』

言って、シルベルがにこりと微笑んでみせる。喰良は〈楼閣〉の生徒なのだが、シルベルのお姉ちゃんフィルターの前では大した問題ではないようだった。

『さて、では早速、ルールの説明をいたします。

勝負は全部で三回。全てが終わった段階で、獲得ポイントの高い方を勝者とします。

第一試合は——摑《つか》め胃袋！　奪え男心！　究極の料理対決ー！』

シルベルの宣言とともに、派手な効果音が鳴り、ステージに文字が投映される。さすがＡＩというところだろうか。機材の扱いと演出が完璧だった。

「料理対決……？」

『はい。男女の関係においては昔から、胃袋を摑むのが最強と言われます。料理の上手《うま》いは七難隠す。この勝負ではさーちゃんとくらりんに料理の腕を披露していただきます』

「ふむ……それで、どうやって判定を下すんだい？」

無色が問うと、シルベルは大仰にうなずいてから続けてきた。

『それはもちろん、特別審査員にお願いします』

「特別審査員？」

『むっくんです』

「——ぶふっ！」

シルベルの言葉に、無色は思わず激しく咳《せ》き込んでしまった。珍しい彩禍の姿に客席がざわめき、後方から黒衣がギロリと睨《にら》んでくる。

だがそれも無理からぬことだった。何しろ無色は今、彩禍の姿でここにいるのである。確かに無色を奪い合う勝負である以上、妥当な人選ではあるのだが……

と、そんな無色の反応をどう受け取ったのか、喰良が不敵な笑みを浮かべてきた。

「にゅっふっふ、どーしました魔女様。むしピが審査員じゃ何か不都合でも？　もしかして、お料理の腕に自信ナシっすか？」

「そういうわけではないけれど……」

無色は難しげな顔をしながら言葉を濁すと、声をひそめて、後方の黒衣に話しかけた。

「……黒衣、そんなことが可能かな？」

「料理を終えたあと、すぐに存在変換をすれば不可能ではないと思います。

……まあ、シルベルの言《げん》に反して、不公平《アンフェア》の極みだとは思いますが」

言って、少し不服そうに眉根を寄せる。

先ほども感じたが、彼女は思いの外《ほか》『勝ち』にこだわる質《たち》のようだった。正々堂々相手を迎え撃ちたい性分なのだろう。

彩禍を演ずる上でいろいろと勉強してきたつもりだったが、ここにきて新たな一面を覗《のぞ》かせてくるとは。なんとも恐ろしい人である。かわいい。

「まあ……それはその通りだ。無色がわたしの料理なんて食べたら、一〇割増しで美味《おい》しく感じてしまうだろうしね。いくらなんでも喰良に不利か」

「えっ、そういう意味ですか？」

「ん？　ではどういう意味だい？」

「……プレイヤーと審査員が同一人物ならば、料理の出来に関係なく勝敗を自由に決められてしまうではありませんか」

黒衣の言葉に、無色はハッと目を見開いた。

「なんてことを考えるんだ。天才か」

「逆になんで考えつかないんですか」

「わたしの手料理というパワーワードで頭がいっぱいで……」

「…………」

黒衣はどこか呆《あき》れたような顔を作ると、「まあ、それならお任せします」と首肯してきた。

『――さ、では会場の準備をさせてもらいます』

話が纏《まと》まったと判断したのだろう。シルベルがそう言って、パチンと指を鳴らす。無論立体映像である以上、本当に指を打ち鳴らしているわけではあるまいが、そうとしか思えない軽快な音が、スピーカーから会場内に響き渡った。

するとそれに合わせて、ステージの床に亀裂が入り、地下から何かがせり上がってくる。

「……っ、これは――」

突然のことに、無色は微《かす》かに眉根を寄せてしまった。

何しろステージ上に、充実した設備の整ったキッチンセット二つと、様々な食材が満載された棚が現れたのだから。

「うっひょー！　こりゃすごいっす！」

喰良が身をくねらせながら目をキラキラと輝かせる。そんな彼女の動作に合わせるように、宙に浮いたスマートフォンが、食材を舐《な》めるように飛び回った。一体どんな原理で動いているのだろうか。

そんな反応を見てか、シルベルが満足げにえっへんと胸を張る。

『こんなこともあろうかと用意しておきました。食材、設備ともに、自由に使ってください。エプロンもありますので是非どうぞ』

言って、シルベルが調理台の上を示す。そこには彼女の言うとおり、綺麗《きれい》に畳まれたエプロンが置かれていた。

「おっ、いいっすね。こういう小物があるかどうかで結構絵面《えづら》が変わってくるんすよ」

喰良が楽しげに言いながら、エプロンを身につける。猫のような、それでいて骸骨のような、奇妙なマスコットが描かれたエプロンである。よく見ると喰良の着けている髪飾りと同じキャラクターのようだった。

ちなみに無色のエプロンには、漢字で『極彩』と書いてあった。あと全体が様々な色で染め上げられていた。……シルベルなりに二人に合わせたものを選んだのかもしれないが、彩禍の方のエプロンはだいぶ奇抜というか、シュールなデザインだった。

『さて、準備はいいですか？

お題は「むっくんが喜ぶ一品」。制限時間は六〇分。

では――バトル、スタートですっ！』

シルベルが指で鉄砲のような形を作ると、パァン！　という音が会場中に響き渡った。

「ひゅっふー！　先手必勝っすー！」

瞬間、喰良がダッと床を蹴り、食材置き場へと至る。そして用意されていたカゴの中に、食材を手当たり次第放り込んでいった。

先に食材を独占し、彩禍の選択肢を狭《せば》めようという作戦なのか、それとも本当にあれだけの食材を全て使うつもりなのだろうか。

この段階では喰良の狙いはよくわからなかったが、実際に審査をせねばならない無色としては、後者でないことを祈ることしかできなかった。

「ふむ……」

喰良から遅れること数秒。無色もまたカゴを手に取ると、食材置き場の前に立った。

――ちなみにこの勝負にはまったく関係ないことだが、エプロンを身につけ、カゴを手にして歩く自分の姿は、もしかしたらものすごく新妻《にいづま》感が出ているのではないかと思った。あとでクララちゃんねるのアーカイブ放送をチェックしようと心に決める無色だった。

「……いや、いや」

今はそれどころではない。自制するように頭《かぶり》を振る。

今の無色は皆から見れば彩禍なのだ。勝敗云々《うんぬん》より先に、醜態を晒《さら》して彩禍の評判を落としてしまうことだけは避けねばならなかった。

まあ、料理に失敗してしまうドジっ子彩禍も、アリかナシかで言えば断然アリなのだが――今はとりあえず考えないようにしておいた方がよさそうだった。

「そうだな……ならば、あれにしようか」

無色は小さく呟《つぶや》くと、食材をカゴに放り込んでいった。

極彩
Choco SYRUP

「……まずいわね」

観客席の最前列で険しい顔を作りながら、瑠璃は呻《うめ》くように呟いた。

「まずいって……何が？」

隣に座った緋純が、首を傾《かし》げながら問うてくる。瑠璃はステージ上から視線を外すことなく続けた。

「……勝負の種目よ。魔術を使用した戦いであれば、魔女様に敵《かな》う人なんてこの世界にいないでしょうけど――魔女様は普段、自分でお料理をされることがあまりないのよ」

「えっ、それじゃあ……！」

「……ええ。対して喰良は自信満々。もしかしたらああ見えて料理が得意なのかも――」

「くくく……ふぁーっはっは！」

瑠璃が頬に汗を垂らしながら言うと、通路を挟んだ席に座っていた紫苑寺が、高らかに笑い声を響かせてきた。

「なるほどなるほど、〈庭園〉のに斯様《かよう》な弱点があったとはな。明日の前哨戦《ぜんしょうせん》として、奴《やつ》が敗北する姿を拝ませてもらうとしようか」

「くっ――」

勝ち誇るかのような調子の紫苑寺に、瑠璃は悔しげな顔を作った。

が。

『――おおっと、ここでさーちゃん、調理に入りました。危なげのない手つきです。ジャガイモの皮を剝《む》いて四つ切りにし――しっかり面取りも忘れない！　地味な作業ですけど、この一手間でできあがりに差が付くんですよねぇ』

次の瞬間、シルベルの実況が辺りに響き渡り、紫苑寺の笑みが凍り付いた。

「は――？」

「えっ？」

瑠璃がキョトンと目を丸くしていると、次いで喰良の声が響く。

「ふっ――なかなかやるっすね魔女様！　でもアタシ様も負けないっすよ！　とうっ！

秘技・八岐大蛇《やまたのおろち》！」

言って、喰良がバッと両手をクロスさせる。

その指の間には、それぞれ様々なスパイスや調味料の瓶が挟み込まれていた。その数、実に八本。喰良の動きに合わせて、粉末がぶわっと舞い上がる。

「ぶ……ぶぇーっくしょい！　うわーっしょい！」

『おおっとくらりん、これは量が多すぎましたかね？　でもそんなうっかりなところも妹ポイント高くてキュートです！』

喰良のくしゃみとシルベルの実況で、会場に笑いが巻き起こる。

「……ええと」

「…………」

瑠璃が眉根を寄せながら紫苑寺の方を見ると、彼は頭を抱えながら背を丸めていた。

それを見て見ぬふりをするだけの情けが瑠璃にもあった。何食わぬ顔でステージ上に視線を戻す。

「なんか……大丈夫そうだね。魔女様普通にお料理できてるし」

と、どこかホッとしたように緋純が言ってくる。

だが、瑠璃は真剣な眼差《まなざ》しをしながらあごを撫《な》でた。

「ええ……これは嬉《うれ》しい誤算よ。でも、それだけに大きな問題が出てきたわ」

「お、大きな問題……？　それって一体——」

緋純がごくりと息を呑《の》みながら聞いてくる。

瑠璃は神妙な面持ちのまま続けた。

「『実はお料理も得意だった完璧な魔女様』と、『人知れず練習をしていた努力家な魔女様』……どっちの解釈も捨てがたいのよ……」

「……私、たまに瑠璃ちゃんの性格がうらやましくなることがあるよ」

瑠璃が真面目な調子で言うと、緋純は力なくそう呟いてきた。


「――よし、完成だ」

「こっちもできたっす！」

無色と喰良が声を発すると同時。

調理終了を告げるブザーが、会場に鳴り響いた。

『――お疲れ様です、さーちゃん、くらりん。二人の一生懸命な姿に、不覚にも目頭が熱くなっちゃったお姉ちゃんです。

では、せっかくの料理が冷めないうちに審査に入ってもらいましょう。――むっくーん？』

シルベルが無色に呼びかけるように声を発する。

とはいえ当然、無色から応答が返ってくるはずがない。

そこで無色はポケットからスマートフォンを取り出すと、耳に押し当ててみせた。

「――もしもし。……ふむ、なるほど。わかった。すぐに向かう」

そして適当な芝居を打ったのち、シルベルと喰良に向き直る。

「すまない。所用ができてしまった。すぐ戻ってくるので、先に審査を始めていてくれたまえ」

「しょよー？　何かあったんすか？」

「ああ、うん。どうやらわたしが行かなければ世界が危ないらしい」

「思ったよりヤバい話じゃないっすか！」

適当な無色の言葉に、喰良が驚愕《きょうがく》の声を発する。無色はヒラヒラと手を振った。

「ああ。非常に深刻な事態だ。これは――解決に二〇分ほど要してしまうかな？　まあ、とはいえわたしが見ていない方が、無色も冷静な判断ができるだろうさ」

そして、少し冗談めかした調子でそう言う。

すると喰良が、汗を滲《にじ》ませながらも小さく口笛を吹いた。

「ヒュウ……なんすかその格好いい感じ」

適当にそれらしい言い訳を付けただけだったが、上手《うま》い具合に挑発と受け取ってもらえたらしい。これならば彩禍が席を外しても違和感は少ないだろう。

「では、失礼するよ。――黒衣、付いてきてくれるかな？」

「はい」

無色は黒衣を呼び寄せると、そのままステージ裏へと歩いていった。

そして、その数十秒後。

「…………」

玖珂無色本来の姿となった無色は、黒衣に連れられて、おずおずとステージ裏から歩み出てきた。

そう。ステージ裏に引っ込んでから一分と待たずに、彩禍モードから無色モードへと存在変換されてしまったのだ。

あまりに早すぎて、なんだかちょっと恥ずかしい無色だった。

……とはいえやはり、壁際《かべぎわ》に追い詰めてからの耳元で囁《ささや》くように「ブラの着け方を教えてあげよう」は反則だと思う。あんなもの耐えられるはずがない。これが正式な競技であればレギュレーション違反だ。調査のため録音を要求しなければならない。

「やーん！　会いたかったっすむしピ♡　アタシ様の勇姿、見ててくれましたー？」

無色が姿を現した瞬間、喰良が投げキッスをしながら言ってくる。無色は苦笑しながら小さく手を振った。

客席からはブーイングが飛んでいたのだが、もう今さら気にはならなかった。どちらかというと、最前列から射殺《いころ》すような眼光を放ってくる瑠璃の方が怖かった。

『はい、ではむっくん、こちらの席へどうぞ』

そう言って、シルベルが着席を促してくる。

無色は素直にそれに従うと、キッチンセットの奥に出現した椅子に腰掛けた。

『さあ、では審査に移ります。まずは先攻――さーちゃんの料理からどうぞ！』

シルベルがバッと手を掲げる。

するとそこに、銀色の蓋《ふた》で覆われた料理を持った黒衣が進み出てきた。

「彩禍様はご離席中のため、わたしが代わりに配膳させていただきます」

黒衣はそう言うと、皿を無色の前のテーブルに落ち着け、蓋に手をかけた。

それに合わせるかのようなタイミングで、ドラムロールのような音が鳴り響く。

「どうぞ、お召し上がりください」

そして黒衣が蓋を開けると同時、そこにカッとスポットライトが当たり、その料理を輝かせた。

その――無色謹製の『肉じゃが』を。

『なんと、肉じゃが！　肉じゃがです！　恋人に作って欲しい料理ランキング一位の座を守り続けるおふくろの味！　さーちゃん、意外にも質実なメニューできました！　郷愁を誘う懐《なつ》かしの味は、果たしてむっくんの心をも溶かすのか！』

シルベルが盛り上げるように声を響かせる。

「ええと……じゃあ、いただきます」

無色は手を合わせると、箸を手に取って肉じゃがを口に運んだ。

優しい味付け。豊かな出汁《だし》の香り。形を保ちながらも柔らかく煮込まれた具材たち。

──当然ではあるが、想定通りの味だった。

とはいえ、今重要なのはそこではない。

そう。大事なのは、この肉じゃがが彩禍の手料理である、という点だった。

無論、食材を選んだのも調理をしたのも無色自身ではある。けれど違うのだ。そういうことではないのだ。大切なのは想像力《イマジネーション》だ。彩禍の身体《からだ》がそれらの作業を行ったことは事実であるし、無色にとってはそれで十分だった。

「ああ──」

感動が肺腑《はいふ》を満たす。無意識のうちに、頬を熱いものが伝っていた。

「…………美味《おい》しい──」

『美味しい！　いただきました！　むっくんまさかの感涙！　さすがですさーちゃん！最強の魔術師はお料理も上手かった！』

シルベルが高らかに声を張り上げる。客席から「魔女様すごーい！」と歓声と拍手が巻き起こった。黒衣の無表情がなぜか少しだけ嬉しそうに見えた。かわいい。

「ふっ――」

と、そんな反応を受けてか、喰良が不敵に唇を歪《ゆが》める。

「さすがっす魔女様。相手にとって不足はありません。でも、アタシ様だって負けないっすよ」

喰良は自信ありげにそう言うと、銀の蓋が被《かぶ》せられた皿を、勢いよく無色の前のテーブルに置いた。

「…………」

無色は小さく息を呑んだ。

調理中は自分の料理に集中していたため、喰良がどんなものを作ったのか、よく知らなかったのである。

「刮目《かつもく》せよ！　これがアタシ様の料理っす！」

喰良が大仰なポーズを取りながら、蓋を開ける。

シルベルの演出だろう。バリバリと雷光のようなエフェクトが巻き起こり、皿が光に包まれた。

そして数瞬後、無色は目にすることとなった。

その――なんだかいろんなものが煮込まれたと思《おぼ》しき、ドロドロしたよくわからない物体を。

「こ、これは……」

「肉じゃがっす」

「……えっ⁉」

　喰良の言葉に、無色が驚愕の声を上げる。

　すると喰良は無色のリアクションをどう受け取ったのか、腕組みしながら首を前に倒した。

「やー、わかりますわかります。意外っすよね。まさかアタシ様と魔女様、同じ料理で勝負に出るとは。やっぱ？　あるんすかね？　一流同士通じ合う？　みたいな？」

「…………」

　無色が驚いたポイントはそこではないのだが、自信満々といった様子の喰良に、そのまま伝えるのははばかられた。なんとかオブラートに包みながら声を上げる。

「ええと……随分個性的な見た目というか……」

「あ、気づいちゃいました？　ちょっと〝映え〟を意識してみました。やっぱ料理も一個の作品っていうか？」

「……テーマは？」

「『夢』──っすかね」

「…………」

なんだかイイ顔で言う喰良に、無色は思わず汗を滲ませた。

なんだろうか。手が動かない。無色の生物としての本能が、この物質を摂取することを拒んでいるかのような感覚だった。

しかし、喰良は、料理を前に動けずにいる無色をどう解釈したのか、何やらパンと手を打ち鳴らしてスプーンを手に取った。

「んもう、むしピったら甘えんぼさんなんすからぁ。──ほら、あーん♡」

そしてそう言って、肉じゃがを掬《すく》い上げ、無色に差し出してくる。様々なスパイスが混じり合った独特の芳香が、無色の鼻腔《びこう》をチクチクと刺激した。

正直あまり気は進まなかったが、仮にも審査員である以上試食をしないわけにはいかなかった。身体を小刻みに震わせながらも意を決して口を開く。

「えいっ☆」

するとそこに、躊躇《ためら》いなく喰良のスプーンが突っ込まれた。

「…………っ⁉」

苦甘く、なのに辛いという奇妙な味が、舌の上に生じる。凄《すさ》まじい刺激臭に、思わず咽《む》せてしまいそうになる。

辛《かろ》うじて、肉の塊のようなものが入っているのは理解できたが、それを噛《か》み締める勇気は無色にはなかった。できるだけ味わわないようにしながら、ごくんと飲み下す。

「はぁ……っ、はぁ……っ……」

「どーっすかむしピ！　おいしーっすか⁉」

喰良が目をキラキラさせながら問うてくる。

無色は肩を上下させながら、息も絶え絶えといった調子でなんとか声を発した。

「…………ち……」

「はい？」

「……彩禍さんの……勝ち……」

顔中に脂汗を浮かべながら無色が言うと、シルベルが興奮した調子で声を上げた。

『――決まりましたっ！　第一試合勝者は、さーちゃん！　一ポイント先取です！』

そしてビッ！　と、勝者を示すように手を掲げる。

彩禍は離席中という体《てい》だったため、代理の黒衣にスポットライトが降り注いだ。結果、なんとも奇妙な偶然だが、一周回って本物が讃《たた》えられていた。

『お疲れ様です。勝負の決め手は何だったんでしょう、むっくん』

「……普通であることの愛《いと》おしさ、ですかね」

『なるほど。深いですね』

無色の言っていることがわかっているのかいないのか、シルベルが腕組みしながらうんうんとうなずく。

と、その脇で、喰良が不思議そうに首を捻《ひね》っていた。

「あっれー？　おかしーっすねー。最高の調味料をふんだんに振りかけたはずなんすけど……」

「最高の調味料……？」

「『愛』っす。きゃはっ♪」

言って、喰良が頬を染める。

「…………」

……愛とは甘く、苦く、そして辛いものらしい。

なんだか一つ大人になった気がした無色だった。

◇

「……なーにやってんだ、こいつら」

中央学舎の食堂でスマートフォンの画面を眺めながら、〈庭園〉教師アンヴィエット・スヴァルナーは訝《いぶか》しげに眉を歪めた。

三つ編みに結わえた長い髪と褐色の肌、獰猛《どうもう》な獣の如《ごと》き双眸《そうぼう》が特徴的な、二〇代中頃の男である。仕立てのよいシャツにベスト、スラックスという洒脱《しゃだつ》な装《よそお》いの上に、ド派手な金のアクセサリーを鏤《ちりば》めていた。

今日は〈楼閣〉を迎える歓迎式典及び前夜祭のため、普通の授業は休みである。

アンヴィエットは別の仕事があったため、歓迎式典には出席していなかったのだが、何やらその式典で、『事件』が起こったという噂《うわさ》が流れてきたのだ。

なんでも、〈庭園〉学園長・久遠崎彩禍と〈楼閣〉の女子生徒が、一人の男子生徒を巡って争うことになったらしい。

荒唐無稽《こうとうむけい》な話だ。正直アンヴィエットも半信半疑だったのだが――

『――さて、では第二試合に移りたいと思います。一勝を挙げたさーちゃんがこのまま連勝するのか、はたまたくらりんが踏ん張るのか。目が離せませんね』

「…………」

アンヴィエットはスマートフォンから流れてくる音声を聞きながら、ポリポリと頬をかいた。

勝負の様子が普通にＭａｇｉＴｕｂｅで生配信されていたのである。

食堂を見回すと、会場のホールに入れなかったと思しき生徒たちが、アンヴィエットと同じようにスマートフォンやタブレットで配信を視聴していた。何なら食事を取っている生徒の方が少ないくらいだ。

実際、画面下部に表示されている視聴者数は、見たことのない数に膨れ上がっていた。彩禍はもちろん、どうやら相手の生徒も有名な配信者らしい。

「……馬鹿馬鹿し」

アンヴィエットは半眼を作ると、ＭａｇｉＴｕｂｅを閉じてスマートフォンをポケットに捻《ね》じ込んだ。なんというか、自分がこんな配信を見ているという事実が耐え難《がた》かったのである。

まだやることは残っている。アンヴィエットは注文していたクラブハウスサンドを口に運ぶと、もっしゃもっしゃと咀嚼《そしゃく》して嚥下《えんか》した。

だが。

「——えっ、マジかよ！」

「第二種目そんな勝負……⁉」

周囲で配信を見ている生徒たちの会話が聞こえてきて、アンヴィエットはピクリと耳を動かした。

「一体どっちが勝つんだ……？」

「ていうかこんなのホントに配信して大丈夫……？」

「こ、これは目が離せねえ……」

「…………」

……なんだか、ものすごく気になってきた。

アンヴィエットは忌々《いまいま》しげに舌打ちをすると、一度しまい込んだスマートフォンを取り出し、ＭａｇｉＴｕｂｅのアイコンをタップしようとした。

「おお、ここにおったかアンヴィエット。探したぞ」

「――っとぉ!?」

が、その瞬間そんな声をかけられ、アンヴィエットは派手に姿勢を崩してしまった。手からすっぽ抜けたスマートフォンが宙を舞い、それを受け止めるために珍妙なダンスを踊ってしまう。

「何をやっておるのじゃ、ぬしは」

そんな様を見てか、声の主――エルルカ・フレエラが半眼を作ってくる。アンヴィエットはどうにか床に落下する寸前でスマートフォンをキャッチし、彼女を睨《ね》め付けるように視線を鋭くした。

「う、うるせえ。急に話しかけんじゃねェ！　これはあれだからな、別に配信を見ようとしてたわけじゃなく、仕事の予定をチェックしようとしてただけだからな⁉」

「誰もそんなこと聞いておらぬが」

「ぐ……っ」

アンヴィエットは悔しげに呻《うめ》くと、姿勢を元に戻してからそちらに向き直った。

「……で、何の用だよエルルカ」

「ん？　おお、そうじゃった」

アンヴィエットが問うと、エルルカは用件を思い出したように小さくうなずいた。

「──ぬしに一つ、頼みたいことがあっての」

「ハッ。嫌だと言ったら？」

毒づくように吐き捨て、眉を歪《ゆが》めてみせる。

しかしエルルカは、不思議そうに首を傾《かし》げた。

「ん？　言うのか？」

そして、アンヴィエットを真《ま》っ直《す》ぐ見据えながらそう問うてくる。

まるで、何の理由もないのにアンヴィエットが自分の頼み事を断ることなどないと、心

から信用しているかのような顔だった。

「…………………ちッ」

……これだから、年を食った魔術師は苦手である。

アンヴィエットは苛立《いらだ》たしげに舌打ちをすると、話を促すようにあごをしゃくった。

◇

『第二試合は――自己アピール対決です！』

第一試合の勝敗が決したあと。

ステージの中央に立ったシルベルは、観客席に宣言するように声を上げた。

ちなみにその前方には、ふよふよと浮遊する喰良のスマートフォンがある。さすが機械同士というべきか、連携は完璧だった。

「自己アピール……？」

無色が不思議そうに首を傾げると、シルベルが『はいっ』と元気よく答えてきた。

『心の通じ合った関係は美しいですが、言葉や態度にしなければ伝わらない気持ちというものも存在します。

そこで！　さーちゃんとくらりんには、自分が如何《いか》にむっくんを想《おも》っているのかを順番に表現していただきます。制限時間は五分。何か必要なものがあればこちらで用意します。むっくんは、どちらのアピールによりドキドキしたかで判定を下してください』

「な、なるほど……」

……それは、無色が彩禍のことを好きである以上、第一試合よりも勝負にならないのではないだろうか。

と、無色が汗を垂らしていると、喰良が右手を挙げた。

「はいはーい、シル姉、質問っす」

『はい、なんですかくらりん』

「アピールの方法って何でもいいんすか？」

『はい。そこは自由でＯＫです。自分の得意な方法で、むっくんに気持ちを伝えてください』

「ふむふむ……うんで、むしピのドキドキがより大きい方が勝ちなんすよね？」

『はい』

「ふーん……」

シルベルの答えに、喰良がペロリと唇を舐《な》める。

「…………!?」

その妖《あや》しい表情に、無色は思わず肩を揺らした。理由はよくわからないが、何か危険な匂いを感じ取ってしまったのである。

しかし、シルベルはそんな喰良に気づいていないのか、気づいていながら無視しているのか、パンと手を打ち鳴らすような動作をした。

するとその動きに合わせて、ステージ上にあったキッチンセットや食材棚が床に吸い込まれていく。

『さあ、第一試合はさーちゃんが先攻でしたので、次はくらりんからいきましょう。――何か必要なものはありますか？』

「うーん、そうっすねぇ。じゃあ――」

喰良が思案を巡らせるような仕草をしたのち、シルベルに何かを耳打ちする。立体映像である以上どこか別のところで集音しているのだろうが、シルベルはうんうんとうなずいてみせた。

『了解しました。用意しますね』

シルベルはそう言うと、パチンと指を鳴らした。

すると床から、三人掛けの大きなソファがせり上がってくる。

『こんなところでいかがでしょう』

「うん、完璧っす。さっすがシル姉」

『えへへ』

喰良に褒められ、シルベルが嬉《うれ》しそうに頬を染める。なんだか妙に可愛《かわい》らしかった。

「さ、じゃあむしピ。アタシ様のアピールタイムを始めるので、そこに立ってほしいっす」

言って、喰良が今し方現れたソファの方を指さしてくる。

「ええと……」

無色はそこはかとない不安を覚えながらも、その指示通りソファの前に立った。

『──はい。では先攻、くらりんのアピールです。

制限時間は五分間。よーい──スタート！』

シルベルの声に合わせ、ブザーが鳴る。

ステージ後方に投映された映像に数字が表示され、段々と少なくなっていった。

「みゅふふ、うんじゃあ、始めましょっか」

喰良は無色の前に歩みを進めると、ほんのりと頬を染めながら続けた。

「ねぇ──むしピぃ。確かに会ったばっかりかもしれませんけど、アタシ様、むしピのことホントにホントに好きなんすよ……？」

媚《こ》びるような声音で、喰良がそう言ってくる。会場から、『おお……っ』という感嘆と、『うわぁぁぁぁ……っ！』という悲嘆の声が響いた。

しかし喰良はそれらの声が聞こえていないかのように――そう、いわばこの空間に自分と無色しか存在しないかのように、無色から目を逸《そ》らそうとしなかった。

「…………っ」

軽薄な物言いの多い彼女らしからぬ、真剣な雰囲気。その真っ直ぐな視線に射貫《いぬ》かれ、思わずごくりと息を呑《の》んでしまう。

「言いましたよね？　アタシ様、こう見えて尽くすタイプだって。むしピのためなら何だってしてあげますし、むしピにだったら何をされてもいいです。

――あ、信じてませんね？　まだ口だけに見えます？

じゃあ――証明してあげます」

「へ……？」

無色がキョトンと目を丸くしていると、喰良は頬を赤くしながら妖しく微笑《ほほえ》み、スカートの裾に手をかけた。

そしてそのまま、おもむろにスカートを持ち上げていく。

「な……っ、ちょ、え……⁉」

予想外の行動に、無色は目を白黒させた。

会場を、大きなざわめきと興奮が埋め尽くす。視界の端には、凄《すさ》まじい形相でステージに飛び入ろうとしている瑠璃と、それを必死に止める緋純の姿が見て取れた。

だが、今の無色にはそれを気に留める余裕さえありはしなかった。

ただただ、射竦《いすく》められたように身体《からだ》を硬直させながら、喰良の動きを注視してしまう。

「みゅふっ――」

喰良はそんな無色の姿を楽しげに眺めると、手のスピードを上げ、一気にスカートを捲《まく》り上げた。

「く、喰良……！」

どうにか声を絞り出し、目を閉じる。

すると暗い視界の中、喰良の笑い声が聞こえてきた。

「にゃっはっは、大丈夫っすよむしピ。中水着っすから」

「え――？」

言われて、うっすらと目を開ける。確かに喰良の言うとおり、スカートの下から覗《のぞ》いているのは、彼女が動画でスライム風呂《ぶろ》に入る際に着ていた水着だった。

「やー、ホントは見せたげたいトコなんすけど、配信中なもんで。下着映すと切断されちゃう可能性あるんすよねー。不思議ですよね。面積まったく変わんないのに。これ、不当なパンツ差別だと思うっす」

あっけらかんとした調子で喰良が言う。無色は気まずげに視線を逸らした。

「……そ、そう……」

まあ、確かに水着は水着なのだが、喰良の言うとおり、見た目は下着とさほど変わらない。少々無色には刺激が強かった。

するとそれに気づいたのだろう。喰良がニヤリと頬を緩めた。

「あれー？　もしかしてむしピ、照れてます？　きゃーわいいー」

喰良はからかうような口調でそう言うと、今度は制服のタイを緩め、ブラウスのボタンを一つずつ外していった。

「……!?　な、何を――」

「いやん。上も水着なんで問題ないっすよ。で・もぉ……」

言いながら、喰良が制服の前をはだける。白いお腹《なか》と、水着に覆われた胸がちらと覗いた。

「――――！」

水着は水着。けれど制服の間からそれが覗く様が、なんとも扇情的かつ背徳的だった。

なんなら水着だけの方が遥《はる》かに健全に思えた。

「ほらほら、けっこーエロくないっすか？」

喰良が、胸元を強調しながら無色に近づいてくる。無色は思わず後ずさった。

「わっ――!?」

が、そこで何かに躓《つまず》き、尻餅をついてしまう。ぽすんという音と柔らかな感触が臀部《でんぶ》に響いた。

そう。先ほどシルベルが用意したソファである。

「うぅん、ポジション完璧。さすがアタシ様っす」

喰良は身をくねらせるようにそう言うと、逃げ道を塞がれた無色に覆い被《かぶ》さるかのような格好で、ソファにのしかかってきた。

髪と肌から甘い香りが漂い、微《かす》かな吐息が肌を撫《な》でる。

「……っ――」

無色は息を詰まらせた。心臓が激しい鼓動を刻む。

危ないところである。もしも今彩禍モードだったとしたなら、即座に無色モードに存在変換してしまっていたに違いなかった。

「むしピぃ……アタシ様を選んでくれたら、今度こそ本当に全部見せてあげますよ……？

カメラのないところで、二人っきりで……」

甘い声でそう言って、喰良が身を寄せてくる。

桜色の唇が、無色の目前まで迫った。

「や……だ、駄目……駄目だって——」

が、そこで、会場に大きなブザーが鳴る。

どうやら、アピールタイムが終了したらしい。

『そこまで！　んもー、くらりんたら、大胆すぎてお姉ちゃんの方がドキドキしちゃいました！』

シルベルが恥ずかしそうに身を捩《よじ》りながら頬を染める。それを見てか、皆これが勝負の一環であることを思いだしたようにほうと息を吐いた。

「んやー、意外と早いっすね五分間。まあでも？　可愛いむしピも見られたので満足っす」

喰良は笑いながらそう言うと、ソファから下りた。ちなみに、ブラウスのボタンは開けっぱなしである。客席にフラッシュの花が咲いた。

「ん？　いえーい。ピースピース」

それに気づいた喰良は、胸元を隠すどころかポーズを取っていた。凄まじいメンタルである。

無色は数秒の間動けずにいたが、ようやく金縛りが解けたように吐息し、立ち上がった。ちなみに足はまだ微かに震えていた。

するとそこに、すっと黒衣が近づいてくる。

「――大丈夫ですか、無色さん」

「え、ええ……なんとか。でも……まさか自己アピール勝負でこんな……」

「拡大解釈もいいところですね。規定に触れているわけではないのが厄介なところです。――ところで」

「はい？」

無色が首を傾《かし》げると、次の瞬間、手の甲がぎゅうと抓《つね》り上げられた。

「……いたっ⁉」

突然のことに、思わず声を上げてしまう。シルベルが不思議そうに目を瞬《しばたた》かせた。

『どうかしましたか、むっくん』

「あ……いや、なんでもありません……」

無色は誤魔化すように言うと、困惑しながら黒衣に話しかけた。

「……何するんですか、黒衣」

「蚊がいました」

「……普通抓るんじゃなくて叩《たた》きません？」

「さて、次は彩禍様の番ですね」

黒衣は無色の言葉を軽やかに無視すると、ステージ裏の方へと歩いていった。

「そろそろ彩禍様も戻ってこられる頃でしょう。呼んでまいります。——無色さんはそこでお待ちください」

「え？　あ——はい」

言われて、無色はうなずいた。

黒衣はそれを見届けたのち、ステージ裏へと消えていく。

とはいえ、ステージ裏に彩禍がいないことは、無色が一番よく知っている。何しろ先ほどまでここにいた彩禍は、無色に姿を変えてここに立っているのだから。

何やら腹案があるようだったが、一体どうするつもりなのだろうか——

「——へっ？」

と、そこで、無色は素っ頓狂な声を上げた。

黒衣が消えてから数分。ステージ裏からぬっと手が現れたかと思うと、軽やかに指を蠢《うごめ》かせたのだから。

「あ、あの手は――」

「魔女様……？」

客席からざわめきが漏れる。

そう。ステージ裏から伸びた手は、その動き一つで、それが『久遠崎彩禍』のものであることを示す威容を備えていたのである。

『えーと……さーちゃん？　ステージには出てこないんですか？』

「…………」

シルベルが問うと、彩禍のものと思《おぼ》しき『手』は、微かな動きのみで以《もっ》て先を促した。

『ん、んーと……まあいいでしょう。

――後攻さーちゃん、アピールタイム、スタート！』

シルベルの宣言とともに、カウントダウンが始まる。

すると『手』は、今までになく妖《あや》しい手つきで、ゆっくりと手招きをした。

まるで、無色を呼ぶかのように。

「あ――」

無色は目を見開くと、誘蛾灯《ゆうがとう》に誘われる虫のように、ふらふらとした足取りでそちらに歩いていった。

あそこに彩禍がいないことなどわかっている。

だがそれでもなお、その『手』は彩禍のそれにしか見えなかったのである。

そして——

「…………何してるんですか、黒衣」

ステージ裏を見て取れる位置まで辿《たど》り着いた無色は、その正体を見て、小さな声で呟《つぶや》いた。

そう。彩禍のものと思われた『手』は、先ほどステージ裏に消えた黒衣のものだったのである。

……まあ、皆が見間違えたのも当然だ。何しろその『手』は、彩禍の意思によって動かされ、彩禍の癖を伴ったものだったのだから。

「勝負の特性上、ステージの上に彩禍様と無色さんが同時に存在しなければなりません。となれば、これしか方法はないでしょう」

「まあ……それはそうかもしれませんけど」

ステージの方に漏れ聞こえない程度の声で無色が言うと、黒衣は「ところで」と目を細めてきた。

「先ほどの喰良さんのアピール、随分と楽しんでおられたようですね」

「へ……⁉」

「絶対彩禍様を選ぶ、みたいな顔をしておきながら、なかなか危なかったのではないですか？」

「い、いえ、そんなことは……」

「別に責めているわけではありません。むしろ喰良さんの健闘を讃《たた》えたいくらいです」

とはいえ、と黒衣が続ける。

「久遠崎彩禍に敗北の二文字は似合いません。たとえそれが、どんなに馬鹿げた勝負だとしてもです。それはわかっておられますね？」

「は、はい。もちろんです。制限時間が終わったらステージに出ていって、彩禍さんの勝利を宣言しますから――」

「――それでは勝ったことになりません」

「え？」

無色が目を丸くしていると、黒衣はおもむろに、制服のボタンを外していった。

「……っ⁉　く、黒衣⁉　何を――」

突然のことに、無色が唖然《あぜん》としていると、黒衣はそのまま制服を脱ぎ――

その中に着込んでいたと思しき、黒の水着姿となった。

薄暗いステージ裏で、頼りなげな布二枚のみを残し、黒衣が裸身を晒《さら》す。そのあまりに非日常的な光景に、無色は目を白黒させてしまった。

「は……？　え……!?」

理解が追いつかない。無色は頰と耳を真っ赤にしながら、黒衣の姿を呆然《ぼうぜん》と眺めた。

するとと黒衣が、自らの装《よそお》いを見下ろしながら淡々と答えてくる。

「ああ、これですか。喰良さんのアピールタイムのときに用意しておきました」

「い、や、っていうか、そもそもなんでそんなものを……」

無色が震える声で問うと、黒衣は無色を壁際《かべぎわ》に追い詰めるように足を一歩踏み出しながら続けてきた。

「言ったでしょう。ただ判定を下すだけでは、真に勝利したことにはなりません。――本物の身体《からだ》でないのは残念ですが、無色さんの心からの言葉で、彩禍様の勝利を宣言させてご覧に入れましょう」

「ちょ――」

無色が黒衣の進行を止めようと手を伸ばすも、哀れその手はむんずと摑《つか》まれてしまう。

ほんのりと頰を染め、微かに笑みを浮かべながら、黒衣はその唇を開いた。

「せいぜい良い声で鳴きたまえ。

——君を、花嫁にしてやる」

「な、何が起きてるの……？　あの手……魔女様ってことでいいの？」

隣の席で緋純が困惑したように眉根を寄せる。瑠璃はあごを撫《な》でながら目を細めた。

「ええ。間違いないわ。あの雰囲気は魔女様よ」

「そ、そうなんだ……」

瑠璃が自信満々に断言すると、緋純はなぜか汗を滲《にじ》ませながら返してきた。ついでに周囲に座っていた生徒たちも「不夜城が言うならそうなんだろうな……」と、納得を示すような顔をする。

「……えっと、玖珂くん、魔女様に引っ張られてステージ裏にいっちゃったけど……」

「そうね。たぶん魔女様のことだから、何か深遠な理由が——」

と、瑠璃が言いかけたところで。

「——あ……っ、ああああああああぁぁぁぁぁぁぁ——————っ!?」

ステージ裏から、無色の絶叫が響いてきた。

「………っ⁉　えっ――？」

思わぬリアクションに目を見開く。

するとやがて制限時間終了のブザーが鳴り、ステージ裏から、やたらと憔悴《しょうすい》した様子の無色が、よろめきながら戻ってきた。

『む、むっくん。大丈夫ですか？　一体何が――』

「……完全……」

『え？』

「完全に……彩禍さんの勝ち……」

無色はそう呟くと、そのままバタンとステージに倒れ込んだ。

◇

「…………はっ！」

無色は目をくわっと見開くと、勢いよく身体を起こした。

どうやら少しの間、意識を失っていたらしい。周囲を見回すと、そこが多目的ホールのステージ上であることがわかる。

そこで、思い出す。そうだ、無色は今、彩禍と喰良の勝負の審査員をしていたのだった。

『大丈夫ですか、むっくん』

心配そうにシルベルが問うてくる。無色は額に手を当てながら答えた。

「……大丈夫です。俺、どれくらい寝てたんですか？」

『ほんの一分くらいです。――でも、心配しました。一体何があったんですか？』

「何が……」

無色は眉根を寄せながら考えを巡らせた。……何か凄《すご》いことがあった気がするのだが、よく思い出せなかった。

「うっ、頭が……」

『ああっ、無理しなくていいですよ。とにかく、第二試合もさーちゃんの勝ちってことでいいんですよね？』

シルベルが慌てるように言ってくる。

そういえば、彩禍の勝利を宣言したことはなんとなく覚えていた。ゆっくりと首肯する。

ともあれこれで、彩禍は三本勝負中二本を取ったことになる。

――つまりこの勝負、彩禍の勝ちだ。

が、無色が拳を握ろうとした、次の瞬間。

『――さすがさーちゃん。第二試合も勝利で二ポイント獲得です。

ですが！　勝負はまだわかりません。第三試合の勝者にはなんとぉ……一〇〇ポイントが与えられます！』

「……って、なんでですか⁉」

雑なクイズ番組のようなポイント配分に、無色は思わず声を裏返らせた。

しかしシルベルは、無色が何を言っているのかわからないといったように、不思議そうに首を傾《かし》げてくる。

『え？　何がですか？』

「いや、何がって、三試合中二試合取った方の勝ちじゃ――」

と、言いかけて無色は言葉を止めた。

シルベルのルール説明が、脳裏に蘇《よみがえ》ったのである。

（――勝負は全部で三回。全てが終わった段階で、獲得ポイントの高い方を勝者とします――）

そう。シルベルは、勝った試合の多い方が勝者とは言っておらず――また、各試合何ポイントが得られるとも言っていなかったのである。

「いや、でも、だからって……」

とんちのような問答に無色が困惑していると、喰良が「ふぃーっ」と吐息した。

「やー……負けたかと思ったっす。ラッキーラッキー。第三試合にアタシ様の全てを懸《か》けるっす！」

喰良の宣言に、客席が沸く。――ルールに違和感を覚える者もいなくはなかったようだが、疑問の声はその熱狂の前に掻《か》き消されてしまっていた。

「………………」

無色が「どうしましょう」というように黒衣の方を見ると、黒衣は目を伏せながら小さくため息を吐《つ》いてきた。

「――理不尽を覚えなくもありませんが、ルールをシルベル姉さんに一任してしまった以上仕方ありません」

それに、と黒衣が続ける。

「たとえ何を何回やろうと、彩禍様の勝利は揺るがないでしょう」

その言葉に、さらに会場が盛り上がりを見せる。喰良が小さく口笛を吹いた。

「ヒュウ……かっけーっす。まるで魔女様っすね」

「恐縮です」

黒衣がすました調子で会釈《えしゃく》する。不意の言葉にもこの反応。さすがだった。

……まあ、黒衣がこう言っている以上、無色が文句を付けるわけにもいかないだろう。

そもそも今の無色は、彩禍ではなく無色の身体。異議を唱える権利を有していないのだ。

「あれ？　そういえば、当の魔女様はまだ戻ってこないんすか？」

と、そこで彩禍の不在を不審に思ったのだろう。喰良が誰もいないステージ裏の方を見やる。

が、黒衣はさして慌てた様子も見せずに応じた。

「ええ。また世界の危機を救いに行かれました」

「マジっすか。ヤベーっすね世界」

無理矢理な言い訳とわかっているのか、はたまた本当に信じているのか、喰良が汗を滲ませながら返す。こんな理由で押し切れるのは彩禍くらいのものだろう。

黒衣はあまりこの話題を長引かせまいとしてか、話を変えるようにシルベルに向き直った。

「──なので、先に進めていて構わないとのことです。シルベル姉さん。最後の勝負とは一体何なのですか」

『はい！』

黒衣が問うと、シルベルは元気よく声を上げた。

『第三試合において競い合うのは──

ずばり、いざというとき大切な人を守れる力です！』

「大切な人を守れる――」

「力……？」

シルベルの言葉を、黒衣と喰良が復唱する。

シルベルは大仰にうなずくと、バッと両手を広げた。

『そう。奇《く》しくも、さーちゃん、くらりん、ともに明日の交流戦の代表。ならば、そこで雌雄を決しましょう。

――明日の交流戦で勝利した学園に属する方を、この勝負の勝者としますっ！』

『な――』

シルベルの宣言に。

『なにぃいいいいいいいいい――――っ⁉』

喰良や無色のみならず、会場の観客たちも皆――驚愕《きょうがく》の声を上げた。

だが、それも当然だ。

無論、〈庭園〉と〈楼閣〉の交流戦を、個人的な勝負に利用しようという点に対する非難もあるだろう。

しかしそれ以前に、交流戦で勝負を付けるということは、取りも直さず、久遠崎彩禍に魔術で勝負を挑むことに他ならなかったのである。

「――ふふ」

だが。

当の喰良は、焦《あせ》るでも慌てるでもなく、小さな笑みを浮かべてみせた。

「喰良――？」

無色が訝《いぶか》しげに名を呼ぶと、喰良はヒラヒラと手を振ってきた。

「ああ、いや、大丈夫っすよ。別におかしくなっちゃいません。

ただ――なんか、こんなこともあるんだなーって」

「……？　こんなことも……？」

無色が困惑するように眉根を寄せると、喰良は大仰にうなずきながら続けた。

「――いやね、そりゃアタシ様も、まともに戦って魔女様に勝てるだなんてこれっぽっちも思ってませんよ？

ただ、明日の交流戦はいつもと違う。魔女様の参戦は条件付きですし、こっちには頼もしい『新入生』がいる。それに何より――」

喰良はそこで、右手を掲げた。

するとは宙を舞っていたスマートフォンが、吸い込まれるようにその手に収まった。

――瞬間。

「……っ⁉」

無色は思わず目を見開いた。

喰良の身から発される魔力が、急に大きく、濃密になったのである。

「いやー、さすが魔女様。同接数が見たことない数いってます。むしピを賭けたアタシ様と魔女様の対決生配信――こんなの、話題にならない方がおかしいっすよねぇ。ううん、はっきり言って予想以上っす」

「喰良、その魔力は……」

無色が問うと、喰良はニイッと唇を歪《ゆが》めてみせた。

「うん。もう隠す必要もない――っていうか、むしピたちにも知ってもらった方が都合いいんで教えたげます。

――アタシ様の【上々綺羅星《インフルエンスター》】は、人に自分の存在を知られれば知られるほど、話題に上れば上るほど、自身の魔力を増す魔術っす。

まあ要するに――今のアタシ様は、人生で一番、絶好調ってコトっすよ」

「な……⁉」

「……つまり、彩禍様に勝負を挑んだのは、その様子を配信して、自らの力を増すためだったということですか」

黒衣が視線を鋭くしながら言う。

すると喰良は、ブンブンと首を横に振った。

「やん、勘違いしないでほしいっす。アタシ様がむしピラブってのはホントのホントっすよ？　負けてもいいなんて思ってませんし、実際本気でやってましたし。

――でも、ほら。アタシ様、これでも〈楼閣〉の生徒なんで。これでパワーアップして〈庭園〉に勝てたら一石二鳥というか、二兎《にと》追ってハッピーっていうか」

喰良はそう言うと、手にしたスマートフォンを自分に向けて構えた。

そう。所謂《いわゆる》、自撮りのような格好に。

「というわけで、魔女様のお陰で、準備はバリバリ整いました。クラスメートのみんな、明日の交流戦は必見っすよー！」

喰良はウインクをしながら言うと――

視線を無色たちの方に向け、妖《あや》しい笑みを浮かべた。

「さぁ――魔女狩りの時間です」

第四章【必見】交流戦開幕

——鳥のさえずりが、心なしかいつもより鮮明に聞こえる。

前夜祭から一晩。昨日の喧噪《けんそう》が嘘《うそ》のように、〈庭園《ていえん》〉の敷地《しきち》内はシンと静まりかえっていた。

それもそのはず、昨日はそこかしこに犇《ひし》めいていた生徒たちの姿が、今はほとんど見えなくなっていたのである。

だが、それも当然のことではあった。

何しろここは今から——『戦場』となるのだから。

「…………」

無色《むしき》は心を落ち着けるようにすうっと深呼吸をしながら、改めて辺りの様子を見回した。

無色たちがいるのは、〈庭園〉東部エリアの東端に位置する研究棟の前だった。幾つもの尖塔《せんとう》が束ねられたような形状の建物が聳《そび》え、広場に特徴的な影を落としている。

周囲に見受けられる人影は四つ。皆無色と揃《そろ》いの制服を身につけていたが、うち二名は、

『玖珂《くが》無色』として顔を合わせるのは初めてだった。

「――やあ、君が例の編入生だね。噂《うわさ》は聞いているよ。僕は三年の篠塚橙也《しのづかとうや》だ。今日はよろしく頼む」

手を差し出しながらそう言って来たのは、背の高い男子生徒だった。

篠塚橙也。無色とは違い、正統なルートで交流戦代表に選ばれた魔術師だ。

「あ――はい。玖珂無色です。よろしくお願いします」

無色が手を取ると、橙也は爽やかな笑みを浮かべながら力強く手を握り返してきた。

するとそれに次いで、その後方にいた女子生徒もまた、小さく会釈《えしゃく》してくる。

「ええと……萌木《もえぎ》仄《ほのか》です。邪魔にはならないようにしますので、どうぞよろしく……」

などと、少しおどおどした調子で言ってくる。身体《からだ》の向きは無色の方を向いているのだが、視線は斜め下の方をゆらゆらしていた。

「はい。こちらこそよろしくお願いします。不心得者ですが、精一杯頑張ります」

無色が挨拶を返すと、仄は恥ずかしそうに顔を俯《うつむ》かせた。前髪が長いものだから、それだけで顔の半分が見えなくなってしまう。

彼女もまた、橙也と同じく〈庭園〉代表に選ばれた生徒の一人である。やや引っ込み思案のようだったが、魔術の腕は確かなのだろう。

簡単にだが二人と挨拶を済ませ、無色はほうと放念の息を吐いた。

実のところ、昨日一昨日《おととい》と悪目立ちしてしまった自覚があるので少し心配していたのだが、橙也、仄、ともに、あまり無色に悪感情を向けてくるような素振りは見せていなかったのである。

まあ、腹の底でどう思われているかまではわからなかったが、たとえ表面上だけでも良好な関係を築いておこうという姿勢が見えるのはありがたい。

仮にも、これから一緒に戦う仲間である。〈庭園〉の代表に選ばれるレベルの魔術師であれば、無用な軋轢《あつれき》を避けようとするのは当然かもしれなかったけれど。

とはいえ──物事には常に例外が存在するものである。

「…………」

無色は、先ほどから背に感じる刺々《とげとげ》しい視線の先を探るように後方を振り向いた。

そこには無色の予想通り、不機嫌そうに表情を歪《ゆが》めた〈庭園〉騎士、不夜城《ふやじょう》瑠璃《るり》の姿があった。

「……瑠璃も、よろしくね……?」

「何もよろしくないわよ」

無色が躊躇《ためら》いがちに言うと、瑠璃は苛立《いらだ》たしげな様子を隠すこともなく、ギロリと睨《にら》むようにそう返してきた。

……予想はしていたが、やはりまだ無色が代表入りしていることに納得いっていないらしい。昨日も喰良《くらら》との勝負のあと、顔を合わせないよう裏口から逃げていたので、無色として瑠璃と会うのは一昨日以来だったのである。

「……本当に、今回の交流戦は一体何なのよ。編入したばかりの無色が代表に選ばれてるわ、神話級滅亡因子《マイソロジア》の単独討伐記録があるとかいうわ……！」

瑠璃が、我慢ならないというように声を徐々に荒らげていく。一言ごとに手の甲に血管が浮き出、眉間に刻まれた皺《しわ》が増えていった。

「――落ち着いてください、騎士不夜城」

そんな瑠璃に声をかけたのは、その場にいた最後の一人――黒衣《くろえ》だった。至極冷静な調子で、瑠璃を諌《いさ》めるように続ける。

「既に決定してしまった以上、仕方がありません。大好きなお兄さんを危険に晒《さら》したくないのはわかりますが――」

「は――ッ、はあああああぁぁぁぁぁぁぁぁっ⁉」

淡々とした黒衣の言葉に、瑠璃が顔を赤くしながら絶叫を上げた。

「ななななな何言ってんのこの子は！　わ、わわわわ私が誰を大好きですってぇ⁉　勝手なこと言わないでくれる⁉」

　顔中にぶわっと汗を噴き出させながら、瑠璃が上擦った声を発する。ちなみに目は回遊魚のようなスピードで泳ぎまくっていた。

「おや、違いましたか。てっきり無色さんのことが大大大好きだから怒っているのかと思いましたが」

「だ、だだだーれがそんなこと言ったのよ全然違うわよ！　私はただ〈庭園〉の魔術師として、未熟者が代表に選ばれるのが許せないってだけで――」

「ふむ。騎士不夜城は未熟者が神話級滅亡因子を倒したと仰《おっしゃ》るのですか？」

「そ、それは――情報の真偽さえ定《さだ》かじゃないでしょ！」

「それに関しては、彩禍《さいか》様からも確認が取れています。それとも、彩禍様が嘘を吐《つ》いておられると、そう仰るのですか？」

「ぐ……っ……！」

　黒衣に言われ、瑠璃は悔しげに歯噛《はが》みした。

　だがそれも仕方あるまい。瑠璃も無色と同じく、彩禍さんだいすきクラブの一員。彩禍の言《げん》を疑うのかと問われれば、引き下がるほかなかったのである。

　ちなみに彩禍さんだいすきクラブというのは非公式の空想内組織であり、別にそういうファンクラブが実在するわけではない。

しかしながら、瑠璃はまだ納得いっていない様子だった。キッと視線を無色の方に向けてくる。

「……百歩譲って代表入りはやむを得ないとしても、よ。喰良の件はどういうこと⁉　彼ピ発言に始まり、魔女様まで巻き込んで大騒ぎした挙げ句、今日の対戦相手をわざわざパワーアップさせるとか……！」

「お、俺に言われても……」

無色は困ったように眉を歪めた。

確かに喰良が騒動を起こし、その渦中《かちゅう》に無色がいたのは事実ではあるが、それに関しては無色は完全に巻き込まれただけなのだ。

無色が答えに窮していると、瑠璃は訝《いぶか》しげな、だがどこか不安そうな色を帯びた表情を浮かべてきた。

「…………無色、ああいう子がタイプなわけ？」

「や、別にそういうわけじゃないけど……」

「じゃあ彼ピってどういうことよ」

「だから、あれは喰良が勝手に言っただけで」

「……じゃあどういう子が好みなの」

「え？」

「何よ。言えないっていうの？」

「そんなことないけど……そうだな……髪が長くて、落ち着きがあって、格好よくて、高潔で――」

「な、なななななななにみんなの前で小っ恥ずかしいこと言ってるのよ！」

なぜか瑠璃が顔を真っ赤にしながら、ポカポカと無色を叩《たた》いてくる。

何が何だかわからない。無色は頭の上に疑問符を浮かべながら、腕を交差させてその猛攻に耐えるしかなかった。

と――そのときである。

広場の中心に淡い光が集まり、少女の形を取っていったのは。

『――はーい、お集まりですね、シスターズ&ブラザーズ。準備はいいですか？』

〈庭園〉管理AＩ・シルベルは軽快な調子でそう言うと、くるりと身体を一回転させてポーズを取ってみせた。

と、そこで瑠璃と無色が攻防を繰り広げていることに気づいたのだろう。不思議そうに首を傾《かし》げてくる。

『あれ？　何かありましたか？』

「……何でもないわよ！」

瑠璃はフンと腕組みをすると、ぷいと顔を背けた。

シルベルはそんな瑠璃の様子を興味深げに眺めていたが、やがて思い出したように話を続けた。

『まあいいでしょう。改めて交流戦のルールを説明します。

――戦闘可能区域は〈庭園〉東、西、および中央エリア。〈庭園〉側は東エリア東端、〈楼閣《ろうかく》〉側は西エリア西端をスタートポイントとし、正午の鐘を合図として戦闘を開始します。

施設の外壁には防御術式が施されていますので、生半《なまなか》な攻撃では損傷しませんが、必要以上に攻撃を加えることは控えてください。

顕現段階は危険度を考え第二までとし、先に相手を全滅させた方が勝者となります。リタイアの判定はダメージカウンターにて行います。――もう着けていますね？』

言って、シルベルが手首を示すような仕草をしてくる。

それに倣《なら》うように、無色は自分の手首に装着された腕時計のような機械に視線を落とした。今は青いランプが灯《とも》っている。

『そのカウンターは生徒が身につけた制服と連動しており、一定以上のダメージを負ったと判断されると、ランプの色が黄色、そして赤へと変化していきます。ランプが赤になった人はリタイアと判定され、以後の魔術使用は原則禁止となります。速やかに非戦闘区域へ移動してください。また、リタイア後の相手に攻撃を加える行為も禁止ですのでご注意ください。

とりあえずはそんなところでしょうか。——何かご質問は？』

「……ちょっといい？　シルベル」

『…………』

瑠璃が手を挙げながら呼ぶも、シルベルはピクリとも反応を示さなかった。

「シルベル？」

『…………』

「スィウヴェーオ？」

『…………』

「……シルベルお姉ちゃん」

『んはぁい！　何ですかるーちゃん！』

観念したように瑠璃が言うと、シルベルは弾《はじ》ける笑顔でそう答えた。

「……今回は追加ルールがあるわよね。魔女様の扱いは？　ていうか、姿がお見えにならないようだけど、今どこにいらっしゃるの？」

瑠璃が周囲を見回すようにしながら問うと、シルベルは大仰にポンと手を打った。

『ああ、そうでした。──今回は特別ルールにより、〈庭園〉側は四名で戦闘を開始します。そして二名の脱落が確認された段階で、さーちゃんの参戦が許可されます。ただし、さーちゃんが戦闘可能区域に入る前に四名全員の脱落が確認されてしまうと、その時点で「全滅」扱いとなってしまいますのでご注意ください。

さーちゃんが今どこにいるかは──』

「──それについてはわたしが」

シルベルの言葉を継ぐように、黒衣が小さく手を挙げた。

「彩禍様は現在、非戦闘区域に待機しておられます。二名の脱落が確認され次第、魔女様に通達が行くようになっていますが、多少のタイムラグが予想されます。念のため、二名がやられてしまった時点で交戦を避け、彩禍様の到着を待った方が賢明でしょう」

言って、黒衣が無色に目配せしてくる。無色はそれに応ずるように小さくうなずいた。

彩禍の件に関しては、事前に黒衣から言い含められていた。

許可が出た時点で、非戦闘区域に待機した黒衣と合流し、存在変換及びダメージカウンターの交換を行い、『彩禍』として参戦する。

……どう少なく見積もっても三分はかかる。その間に全滅しないよう注意せねばならないだろう。

「ああ……そうだね。それが無難だろう」

黒衣の言に同意するように、橙也が少し険しい顔をしながらうなずく。

「僕たちも腕に覚えがないわけではないけど——あくまで生徒レベルでの話だ。相手が教師クラスとなると、渡り合えるのは不夜城くんくらいだと思う。情けない話だがこの勝負、魔女様をどれだけ早く参戦させられるかにかかっていると言っても過言じゃない。

ああ——もちろん、噂《うわさ》の玖珂くんが驚異的な強さを誇っているのなら、それに賭ける手もなくはないけど」

「……過度な期待はしないでください」

無色が頬に汗を垂らしながら言うと、橙也は「ＯＫ」と肩をすくめてきた。瑠璃のように無色の代表入りに異議を唱えることはしていなかったが、得体の知れないものを戦力に数えるのはリスクだと思っている、といった様子だった。

「とはいえ、幸い今年の交流戦の舞台は〈庭園〉。僕らの方が土地勘がある。——そこで、戦闘開始と同時に、四人バラバラに行動する作戦を提案するが、どうだろう」

「……え、でもそれだと、下手したら一対五で戦う羽目になるんじゃあ……」

灰が不安そうに言うと、橙也は重苦しい顔で首肯した。

「……その可能性はある。だが、僕たちがもっとも避けるべきは、四人が一気にやられてしまうことだ。固まって行動することがベストとは思えない」

「なるほど……」

無色はあごを撫《な》でながら、納得を示すように呟《つぶや》いた。

確かに彼の言うとおりである。これは如何《いか》に彩禍というジョーカーを場に出すかの戦い。定石通りの動きをしていては一網打尽にされてしまうだろう。

それに、別行動をしていた方が、一度戦闘を離脱して存在変換をせねばならない無色にとっても好都合ではあった。

「――俺は異存ありません」

「なんで無色が自信満々なのよ」

無色の言葉に、瑠璃が半眼を作ってくる。

とはいえ瑠璃も、別にその作戦に異論があるわけではないらしい。目を伏せながらこくりとうなずく。

そんな皆の反応を見てか、灰もまた、覚悟を決めたように首肯した。

「――よし、決まりだ。開始の合図とともに各自行動を開始。身を隠しながら索敵を行い、可能ならば敵を撃破する。優先目標は松葉《まつば》タケル。次に鴇嶋《ときしま》喰良だ」

「ふむ。理由をお聞きしても？」

橙也の言葉に、黒衣がそう問う。橙也はそちらに視線をやりながら答えた。

「僕たちに対応できるのは、生徒であるその二人だけだからさ。昨日の放送を見る限り、鴇嶋喰良の方は要注意ではあるけど――それでも教師陣より上ってことは考えづらい」

「……なるほど」

「何か間違っているかな？」

「いえ。極めて妥当な判断かと思います」

黒衣はふっと目を伏せながらそう答えた。

その表情からは、どことなく懸念《けねん》のようなものが感じ取れた気がしたが――それに気づいたのは、たぶんこの場で無色だけだろう。

実際、橙也は黒衣の様子に不審感を持つこともなく、言葉を続けた。

「不夜城くんに限っては、蘇芳哲牙《すおうてつが》、佐伯若葉《さえきわかば》両名をターゲットに加えても構わないが――紫苑寺《しおんじ》学園長だけは駄目だ。魔女様が参戦するまで、絶対に手を出すな」

「あの人、そんなに強いんですか？」

無色は訝《いぶか》しげに問うた。昨日見た印象だと、彩禍にライバル心を剝《む》き出しにするおもしろおじいさんというイメージが強かったのである。

だが――

「――魔術師養成機関の学園長。その言葉が持つ意味を、僕らは知っているはずだ」

「…………」

それに返された橙也の言葉には、問答無用の説得力があった。

確かにその通りだ。仮にも彩禍と同じく、魔術師養成機関の長《おさ》を務める者。そんな男が、尋常な魔術師であるはずがない。

無色は改めて気を引き締めるように、両手でパチンと頰を張った。

すると。

『――お話は終わりましたかー？』

『……わっ⁉』

不意に目前にぬっとシルベルの顔が現れて、無色たちは思わず声を上げた。

どうやら、上体をぐっと反らす要領で、無色たちの輪の中に無理矢理入ってきたらしい。実体のない立体映像だからこそ可能な荒業ではあった。

「ちょっと、驚かせないでよ」

『すみません。でも、そろそろお時間なもので』

言って、シルベルが小さく手を振ってみせる。するとその軌跡を追うようにして、

『11：55』の数字が現れた。

戦闘開始五分前。どうやら思いの外《ほか》話し込んでしまっていたらしい。

『…………』

無色たちは無言のまま視線を交わし合うと、誰からともなく小さくうなずいた。

そして、戦闘配置につくように、間隔を開けて広場に陣取る。

するとそれを見てか、黒衣が皆に恭《うやうや》しく会釈《えしゃく》をした。

「――では、わたしは非戦闘区域に退避しています。皆さん、ご武運を」

言って黒衣が広場を後にする。無色たちは思い思いの仕草や言葉でそれを見送ると、西――〈楼閣〉代表たちがいる方向を見つめた。

『――さて、それでは戦闘開始三分前となりましたので、お姉ちゃんもそろそろ退散いたします。今は審判役も兼ねているので肩入れは出来ませんが、みんなの活躍を祈っていますね』

「ああ、ありがとう、姉さん」

「……がんばりますね、お姉ちゃん」

「はい。見ててください、姉さん」

橙也、灰、無色が答えると、シルベルは満足げにニコニコと微笑《ほほえ》んだ。

そののち、一人だけ何も言わなかった瑠璃の顔を、舐《な》めるように覗《のぞ》き込む。

「……はいはい。お姉ちゃんね」

『ふふ。では、頑張ってください！』

瑠璃がため息交じりに言うと、シルベルは満面の笑みを浮かべ、空気に溶け消えていった。

なんだかそのやりとりが妙に可笑《おか》しくて、思わず口元を緩めてしまう。

「……何笑ってるのよ」

「ごめん。――でも瑠璃、随分シルベルをお姉さんっていうの嫌がるんだね」

そう。それが違和感の元かもしれなかった。彩禍さえ絡《から》まなければ、基本は冷静かつ合理的な瑠璃である。会話を円滑に行うために相手の望む呼び名を使うことを厭《いと》うとも思えなかったのだ。

「だって姉じゃないし」

「まあ、それはそうだけど」

「姉じゃない人に『姉さん』って言うの、なんか兄嫁みたいな感じがしてヤだし」

「え？」

「何でもないわ。それより、集中しなさい。……正直まだ納得はいってないけど、仮にも〈庭園〉代表なら、情けない戦いだけはするんじゃないわよ」

「──うん。わかってる」

無色は瑠璃の言葉に首肯を以《もっ》て応えると、拳に力を込めながら前方を見据えた。

そして──中央エリアの方から、正午を告げる鐘の音が鳴り響く。

〈庭園〉対〈楼閣〉、交流戦の開幕である。

「よし、じゃあ行くぞ。作戦通り各自散開──」

が、橙也が皆に指示を発そうとした、そのときである。

「──え？」

一瞬、上空に星のようなものが煌《きら》めいたかと思うと──

無色たちのいる広場目がけて、一直線に、『何か』が飛来してきた。

「──避けて‼」

金切り声を発したのは瑠璃だった。

次の瞬間。

目の前で、凄《すさ》まじい爆発が起こった。

『…………ッ⁉』

――閃光《せんこう》。爆音。震動。全身を叩《たた》く衝撃波。

目、耳、肌――全身の感覚器が、許容量以上の情報を一気に叩き込まれ、数瞬の間意識が朦朧《もうろう》となる。

「無色！」

「……！」

が、大声で名を呼ばれ、無色はどうにか、飛びかけていた意識をたぐり寄せた。

そして、そこでようやく気づく。自分たちの前に、青く輝くベールのようなものが広がっていることに。

「これは――」

一瞬敵の攻撃かとも思ったが――違う。

いつの間にか瑠璃が、長柄《ながえ》の武器を構えている。

無色たちを包むベールは、その柄の先から展開されていたのである。

間違いない。瑠璃の第二顕現、【燐煌刃《りんこうじん》】だ。どうやら一瞬早く敵の攻撃に気づいた瑠璃が、無色たちを守ってくれたらしい。

魔力の光で編まれた刃《やいば》が様々な形に変形することは知っていたが、まさかこのような使い方までできるとは。

薄いベールの向こう側には、まるで隕石《いんせき》でも落ちたかのように、巨大なクレーターが生じている。防御術式の施された周囲の施設は無事のようだったが、直撃を受けた地面は見るも無惨《むざん》な姿に変貌していた。

凄まじい威力。もしも瑠璃が咄嗟《とっさ》に防御してくれなければ、この一瞬で無色は脱落してしまっていたかもしれなかった。

「――ほう、防いだか。さすがは不夜城瑠璃。〈庭園〉騎士の名に恥じぬ力である」

と。

「……!?」

不意にそんな声が響いてきて、無色たちは上方を向いた。

そこには、長い髭《ひげ》と髪、そして極めて似合わない〈楼閣〉の制服を靡《なび》かせた老爺《ろうや》が、まるで空に立つかのように浮遊していた。

その足下には法陣の如《ごと》き二画の界紋《かいもん》が、そしてその右手には、濃密な魔力を帯びた指揮棒のような杖《つえ》が顕現している。

そう。〈楼閣〉学園長にして一年生、紫苑寺暁星《ぎょうせい》である。

「紫苑寺学園長……!? 馬鹿な、〈楼閣〉のスタート地点は西部エリアのはず……！　それに今の攻撃は――」

橙也が驚愕《きょうがく》を露《あら》わにしながら声を上げる。

すると紫苑寺は、目を細めながらあごを持ち上げてみせた。

「馬鹿な――か。君も魔術師であればその言葉は控えるがいい。我らは世界の守護者にして神秘の探求者である。相手が予想だにしない手を打ってくることこそ尋常と心得よ」

超然とした態度で、しかし教えを与えるかのように紫苑寺が言う。

無色と瑠璃は戦慄を覚えながら眉根を寄せた。

「く……っ、なんて威圧感だ……！」

「とても昨日、魔女様に文句ばっかり言ってた人とは思えないわ……！」

「……それは……また別である。だいたいあいつが悪いし」

無色と瑠璃が言うと、紫苑寺は先ほどまでとは打って変わって歯切れの悪い調子で唇を尖《とが》らせた。

紫苑寺は気を取り直すようにコホンと咳払《せきばら》いをすると、再び無色たちを睥睨《へいげい》するように視線を落とした。

「それよりも。いいのかな？　私は大分温情を与えているつもりだが」

「え――？」

「──臨戦態勢の敵を前に、第二顕現を発現しているのが一人きりでいいのかと聞いている」

『……………！』

紫苑寺の言葉を受け、〈庭園〉代表たちに緊張が走る。

「──【羅衝扇《らしょうせん》】！」

「【点睛絵筆《グラフィエール》】……！」

橙也と灰が界紋を展開、第二顕現を発現する。

橙也は鉄扇、灰は巨大な絵筆の形をした顕現体を、それぞれ構えてみせた。

すると、その行動を待っていたかのようなタイミングで、地鳴りのような音が響き始める。

「な……これは⁉」

次の瞬間、無色の狼狽《ろうばい》を裂くように地面が激しく震動したかと思うと、無色たちの足下に敷き詰められていた敷石《しきいし》が突然隆起した。

そしてその下から、巨大なドリルのような第二顕現を手にした魔術師・蘇芳哲牙が現れる。どうやら地下を掘り進み、奇襲をかけてきたらしい。

「ハッハァ──ッ！　上ばかり気にしすぎてると足を掬《すく》われるぜ？　文字通りな！」

「く……！」

無色たちは残っていた地面を蹴ると、その場から飛び退《の》いた。

だが、それで終わりではない。哲牙とともに地中からやってきたのだろう。ぱつんぱつんの制服を着込んだ佐伯若葉が地上に飛び出し、緑色の回転式機関銃《ガトリングガン》を向けてきた。

「てゆーかー、ウチたちのこと忘れるなんて、チョベリバマジ卍《まんじ》激おこスティックファイナリアリティぷんぷんドリーム（神）なんですけどぉ！」

などと、わけのわからない言葉を叫びながら、無色たち目がけて銃弾を乱射してくる。

凄まじい轟音《ごうおん》が無色の鼓膜を叩いた。

「――ちぃっ！」

橙也が空中で身を捻《ひね》り、巨大な鉄扇を振り抜く。するとそれを起点に風の奔流が巻き起こり、若葉の放った銃弾の軌道を逸《そ》らした。無数の弾が無色たちを掠《かす》め、壁に、地面に炸《さく》裂《れつ》する。

だが若葉は、さして驚いた様子も見せず、薄い笑みを浮かべた。

「ふぅん、やるじゃない。でも、私の第二顕現はここからが本領よ。……みたいなぁ！」

何やら思い出したように言葉を付け足しつつ、掲げた手をぐっと握る。

「――【芽吹きの鉛《スプレッド》】！」

瞬間、壁や地面に着弾した弾がざわり、と蠢《うごめ》くと、そこから植物の蔓《つる》のようなものが無数に伸びてきた。

「な……！」

「きゃあっ！」

橙也と仄が蔓に足を取られ、姿勢を崩す。

その瞬間、瑠璃が【燐煌刃《りんこうじん》】の刃を閃《ひらめ》かせ、蔓を切り裂いた。

「すまない、助かった！」

「いえ。——それより、注意してください！　まだ終わっていません！」

瑠璃が叫ぶ。彼女の言うとおり、種子の弾からは未《いま》だ、夥《おびただ》しい数の蔓が萌芽《ほうが》していた。

それらは触手のようにのたうつと、瑠璃たちを捕らえんとその手を伸ばしてくる。

「ぐ——」

「はぁっ！」

鉄扇で風を巻き起こし、或《ある》いは絵筆で中空に軌跡を残し、橙也たちが蔓から逃れる。

しかし、相手は若葉の蔓のみではない。その一瞬の隙を突いて、哲牙がドリルを構え、瑠璃目がけて突進してきた。

「【特攻旋牙《とっこうせんが》】！　うおらぁぁぁぁぁ——ッ！」

「……！　く――」

瑠璃はその攻撃に気づいたものの、完全に虚を突かれ、動きに対応できていなかった。

このままでは瑠璃がダメージを負い、リタイアしてしまう。

彩禍参戦の条件は二名の脱落。逆に言えば一名までなら、先んじて倒してしまっても構わないのだ。ならば最も厄介な瑠璃を潰しておこうと考えたのだろう。

「瑠璃――！」

となれば無色としては、ともにその攻撃を受けることによってリタイアし、彩禍の参戦条件を満たすのが最善手だったのかもしれない。

だが、そんな打算などは今、無色の頭の中にはなかった。

瑠璃が――妹が危機に瀕《ひん》している。兄が頑張るのに、それ以上の理由は必要なかったのである。

「――ああああああああぁぁぁぁっ！」

無色は大声を上げながら地を蹴ると、瑠璃を庇《かば》うように、ドリルの前に身を躍らせた。

「！　兄様――」

瑠璃の声が鼓膜を震わせる。懐《なつ》かしい響き。けれど今の無色には、それに応ずるような余裕はなかった。ただ意識を鋭くし、襲い来る巨大な弾丸の如きドリルに向かい合う

――！

――一瞬ののち。

「…………ッ、――――」

無色は、後方から激しい激突音が響くのを聞いた。

――哲牙が軌道を外れ、勢い余って壁にぶつかったのである。

とはいえそれは、偶然の出来事でもなければ、哲牙がすんでのところで狙いを逸らしたというわけでもなかった。

単純な理由。

――無色の手に顕現した透明の剣によって、軌道をずらされたのである。

「あ――」

呆然《ほうぜん》とした瑠璃の声が、虚空《こくう》に響く。

「第二――顕現……？」

その視線は、無色の手に握られた色のない剣に、そしてその頭上に展開した、王冠の如き二画の界紋に注がれていた。

「――【零至剣《ホロウ・エッジ》】――」

無色は呟《つぶや》くように言いながら、放念の吐息とともに昨夜のことを思い起こした。

◇

「——再現性を見つけましょう」

「再現性……ですか」

交流戦前日。喰良との勝負、第二回戦が終わったあと。

無色は黒衣に連れられ、彩禍の屋敷《やしき》の前庭を訪れていた。

理由は単純。発動修練のためである。

それはそうだ。本番を明日に控えているというのに、無色は未だに、己の意思で自由に第二顕現を発現することができていなかったのである。

「第二顕現というのが魔術師にとって一つの壁であることは確かです。ですが、交流戦代表に選ばれるクラスの魔術師がこれを修めていないことはまずあり得ません。そんな中に一人初心者が紛れ込んでいたなら、即座に狩られてお終《しま》いです。

——まあ、明日の試合に関しては彩禍様の参戦というイレギュラーな条件が付与されているため、最初にリタイアすることが必ずしも悪いとは申しません。ですが、自分でタイミングを見計らってリタイアするのと、為《な》す術《すべ》もなく打ち負けるのでは、まるで意味が異なります」

「……そうですね」

ぐうの音も出なかった。素直にうなずく。

「とはいえ、無色さんは少なくとも今までに二度、第二顕現に成功していらっしゃいます。一度目は『彼女』と対したとき、二度目はわたしとの発動修練のとき。その二回に共通することを探すのです」

「共通すること……」

言われて、無色は考えを巡らせた。

「一回目のときは……本当に無我夢中で、よく覚えてないんです。『あの人』を、そして彩禍さんを助けなきゃって思って――」

「ふむ。では、二度目は」

「成功させたら彩禍さんがどんな質問にも答えてくれるって思ったら、それしか考えられなくなって」

「…………」

黒衣は無色の素直な言葉になぜか無言になったが、やがて何かに気づいたように眉を揺らした。

「――彩禍様、ではありませんか？」

「え？」

「一回目、二回目、ともに形は違えど、無色さんは彩禍様のことを強く考えていらっしゃったご様子です」

「――！　なるほど。つまり俺の魔術は、彩禍さんのためにあるってことですね？」

「そこまでは言っていませんが」

黒衣は半眼を作りながら続けてきた。

「魔術にとって精神力は要。心構えや意識の仕方で出力に差が出ることも珍しくありません。一度、彩禍様のことを思い描きながら魔術を発動してみてください」

「わかりました。では」

無色はすうっと深呼吸をすると、目を閉じて、頭の中に彩禍の姿を思い描いた。

「彩禍さん……俺は、きっと、あなたを――」

そして、決意とともに拳を握りしめながら、強く、強く念じていく。

「――その調子です。もっと強く、彩禍様をイメージしてください」

「はい。…………、あっ……彩禍さん。一体何を……だ、駄目です。そんな……俺たち、まだちゃんと付き合ってもいないのに――」

「何をイメージしているのですか」

黒衣にコツンと頭を叩《たた》かれ、練り上がりかけていたイメージが霧散した。

◇

「――よかった。ちゃんと発動して」

無色は、手の中に生まれた透明な剣の刀身を見つめながら、小さく息を吐いた。

あのあと黒衣とイメージトレーニングを繰り返し、彩禍のことを強く想《おも》うことで何とか第二顕現を発現することには成功していたのだが――実戦の場で同じことができるかどうかは未知数だったのだ。

「透明な……剣……」

それを見てか、瑠璃がか細い声を上げてくる。

無色はちらとそちらを見やると、小さくうなずいてみせた。

「無事でよかった」

「……っ」

無色の言葉に、瑠璃が頬を染めながら肩を揺らす。

しかしすぐにそれを誤魔化すように頭《かぶり》を振ると、あとを続けてきた。

「無色、あんたいつの間に第二顕現を――」

「──うん。大切な人のことを強く想うと、発現することがわかったんだ」

「大切な人……って、な、なななな……何言ってんのよこんなときに！」

先ほどからほんのりと色付いていた頬を真っ赤にしながら、瑠璃が声を裏返らせてくる。

確かに戦闘中には似つかわしくない表現だったかもしれないが、なぜ瑠璃がこうも慌てているのかはよくわからなかった。

「……ほー？　やってくれたな。──にしても、何をしやがった。俺の【特攻旋牙《とっこうせんが》】がこうも見事に崩されるたぁ」

と、壁の破片をパラパラと落としながら、哲牙が無色の方を振り向いてくる。

その手に現れていたドリル型の第二顕現【特攻旋牙《とっこうせんが》】の一部が、キラキラという魔力の光を残し消え去っていた。

「……っ──」

その様に思わず息を呑《の》むが──それを悟られないよう努める。

確かに彩禍のことを強く思い浮かべることにより第二顕現の発現には成功するようになったが、無色は未だ、己の魔術の全容を完全には把握していなかったのだ。

「……まあいい。この程度なら──」

哲牙はしばしの間無色の反応を探るように視線を向けてきていたが、やがて崩れかけた第二顕現を消し去り、完全な状態のドリルを再顕現させた。

「…………」

それを見てか、哲牙と同様、無色の様子を窺《うかが》っていた瑠璃が気を取り直すように咳払《せきばら》いをし、油断なく〈楼閣〉の教師たちを見据えながら唇を開いた。

「――どうやら、初手で散開する案は読まれていたようです」

「……そのようだ」

「まあ……そうですよね」

瑠璃の言葉に、橙也と仄が視線を険しくする。

紫苑寺、哲牙、若葉の三人は、それとは対照的に、余裕のある表情で以《もっ》て第二顕現を構えていた。

実際のところ、瑠璃の推測は的中しているだろうと思われた。無色たちが、彩禍参戦の条件を満たすことが〈庭園〉の勝利に繋《つな》がると考えているように、〈楼閣〉側はその条件を満たさせないことを考えているはずだったのだ。

ならば、彼らが取るべき手段は何か。

試合開始直後、〈庭園〉側が散り散りになる前に纏《まと》めて叩くか、リタイア扱いとならないようその動きを止めておいて、一気に片を付けるかだ。

そう。まさに今、彼らが取った行動に他ならない。

瑠璃の機転でどうにか即リタイアは免れたものの、状況は控えめにいって最悪であった。何しろ無色たちは、実力的に勝ち目のない教師陣を相手に、初動を抑えられてしまったのだから。

「……それに、まだ相手はフルメンバーじゃない。喰良と松葉先輩がどこかに潜んでいるはずよ。

――特に喰良。あの子、魔女様に勝って無色の彼女になるって息巻いてたでしょう。何もしてこないってことはないはずよ。……昨日ステージ上で見せた魔力量も尋常じゃなかった。十分注意して」

瑠璃が警戒を強めるようにして言う。確かにその通りだ。派手好きな彼女の性格からして、確実に何か仕掛けてくるだろう。無色も周囲に注意を払った。

が、それを聞いてか、哲牙がぽりぽりと頭をかく。

「あー……あいつらはもうちょっとかかるんじゃねえかな。俺らみたいに移動手段がないと、西端から東端まで走らんきゃならんし」

「…………」

哲牙の言葉に、瑠璃の頬に汗がひとすじ流れ落ちる。

それは、彼の言葉がブラフであるのではないかと疑っているようにも見えたし、勝手に深読みしてしまったのを恥ずかしがっているようにも見えた。

無色的には後者の可能性が高いように思えたが、なんだかいたたまれなかったので、前者っぽい顔をして合わせておいた。

「――無色」

と、紫苑寺たちを見据えながら、瑠璃が小さな声で話しかけてくる。

「……私たちが紫苑寺学園長たちを抑えるわ。その間にどうにかこの場から逃げて、姿を隠して」

「何言ってるんだ、そんなこと――」

「勘違いしないで。あんたの身を案じての提案じゃないわ。今回は本当に」

「今回は？」

「……変なこと気に掛けてんじゃないわよ」

瑠璃は頬を赤らめながら咳払いをし、続けてきた。

「正直教師クラス三人を相手に正面切って戦うのは悪手中の悪手よ。でも、全員がやられたとしても、あんたが無事でさえいれば、魔女様参戦の条件が整うわ」

「それは――」

無色が言いかけると、橙也と仄もまた、同意を示すようにうなずいてきた。

──これ以上は、彼らに対しても失礼になるだろう。無色は意を決して、首を前に倒した。

「……わかった。ここは任せたよ、瑠璃。篠塚先輩と萌木先輩も」

「ええ」

瑠璃が声のみでそう答えてくる。橙也と仄もまた、思い思いの方法で了解を示してきた。

「じゃあ──行くわよッ！」

『おお……ッ！』

瑠璃の号令とともに、〈庭園〉生徒三人が地を蹴る。それを迎え撃つように、〈楼閣〉教師陣が第二顕現を掲げた。

◇

「…………」

アンヴィエット・スヴァルナーは極めて不機嫌だった。

理由は大きく分けて二つある。

一つは、今日が〈庭園〉対〈楼閣〉の交流戦当日だというのに、面倒事を押しつけられ、地方に出張させられていること。

そしてもう一つは、そんな理不尽かつ急な要請であるにもかかわらず、自分が律儀《りちぎ》に請け負ってしまっていることだった。

「ちッ——」

サングラスをかけたアンヴィエットは苛立《いらだ》たしげに舌打ちをすると、車のアクセルを強く踏んだ。

彼が行くのは、まともに舗装もされていない山道である。大小の砂利をタイヤが踏みしめ、車体が大きく揺れた。

不快でないといえば嘘《うそ》にはなったが、それも仕方のないことである。

——今彼が向かっている『施設』を、長閑《のどか》な住宅街のど真ん中に作るわけにもいかないだろう。

アンヴィエットは苛立ちを紛らせるようにオーディオの音量を上げると、右に左に頭を揺すられながら、悪路を進んでいった。

そして、代わり映えのしない風景を眺めながら走ること、およそ三時間。

アンヴィエットはようやく、目的の場所へと辿《たど》り着いた。

一見すると、何の変哲もない場所である。こんなところにわざわざ車を停《と》めるのは、運悪くガス欠してしまった者か、道中尿意を催してしまった者くらいだろう。

アンヴィエットは適当な場所に車を停めると、キーを抜いて車外へと出た。無論、ロックも忘れない。こんな辺鄙《へんぴ》な場所で車上荒らしなど出るとも思えなかったが、一応である。

そしてポケットからスマートフォンを取り出し、地図を表示させると、伸び放題の雑草をかき分けながらゆっくりと歩いていく。

「……あーっと——この辺りか？」

アンヴィエットは当たりを付けると、そのまま岩肌に向かって足を踏み出した。

普通に考えれば、激突してしまうに違いない。けれどアンヴィエットの足は、何の抵抗もなく岩肌に吸い込まれていった。

〈庭園〉と同じく、認識阻害の魔術によって、外部からその姿を認識できなくしているのである。

岩肌の中は、外とは似ても似つかない近代的な様相になっていた。エレベーターと思《おぼ》しき扉の隣に、認証装置が設置されている。

アンヴィエットはＩＤと虹彩《こうさい》認証を済ませると、エレベーターに乗り込み、そのまま地下深くへと下っていった。

面倒な手順ではあるが、この場所の重要度と、そこに収められているものの危険度を考えれば仕方あるまい。

——ここは世界各地に点在する封印施設のうちの一つ。

〈庭園〉大図書館の地下に存在するものと同種の施設だったのである。

しばらくののち、エレベーターが目的の階に到達する。アンヴィエットは扉が開くのを待ってから、その先に続く長い廊下を歩いていった。

ほどなくして、大きな金属製の扉と、その前に控えた二人の警備員の姿が見えてくる。一人は顎鬚《あごひげ》を生やし、もう一人は眼鏡をかけていた。ここに常駐しているということは、二人とも魔術師たちだろう。

「——よう、邪魔するぞ」

上の階で認証を済ませているため、既に来訪者の正体には気づいていたらしい。二人は直立したまま、丁寧に敬礼をしてくる。

「〈庭園〉のアンヴィエット・スヴァルナー教師ですね。お噂《うわさ》はかねがね」

「彼《か》の高名な『雷帝』にお会いできるとは光栄です」

「あー……うん。その異名、恥ずいからあんま言うな」

アンヴィエットが渋面を作りながら言うと、警備員は「す、すみません」と頭を下げてきた。

「それで、本日は一体どのようなご用向きですか？」

「ああ——面倒事を押しつけられてな。封印物の確認をさせてほしい。……ったく、交流戦の当日に出張なんざさせるかねフツー」

「そういえば今日は〈楼閣〉と〈庭園〉の交流戦でしたか」

「そうだよ。一杯飲《や》りながらガキ共のドンパチ観戦すんのが醍醐味《だいごみ》だってのによ」

グラスを傾けるようなジェスチャーをしながら言うと、警備員が同意を示すように笑ってきた。

「いいですね。私も早く仕事を終えてビールと洒落《しゃれ》込みたいところです」

「あ？　酒は飲まねェよ。コーラだコーラ」

「おや、下戸《げこ》でしたか？」

「そうじゃねェ。通常授業はなくとも交流戦は学園活動の一環だろ。教師が酒飲んでちゃマズいだろうが。ガキ共の細かい動きも見づらくなるし」

「……そ、そうですね……」

警備員は、「なんか見た目と印象違うなこの人……」というような顔で苦笑した。

「ええと……それで、どの封印物の閲覧をご希望ですか？」

「ああ、Ｏ－08を頼む」

「――――」

アンヴィエットがその識別番号を告げた瞬間。

警備員たちの表情が、冷たいものに変貌した。

「失礼ですが、閲覧の目的は」

「あ？　だから確認だっつってんだろうが。――昨日エルルカから要請がなかったか？　O－08の現状報告をせよってよ」

「はい。問題なしと報告いたしましたが」

「だからだよ」

「は？」

「――二四の〈ウロボロス〉の身体《からだ》のうち、何も異常が起こってねェって報告を返してきたのが、この封印施設だけだったんだとよ。だから念のため、実物の目視及び魔力反応を見て異常がねェか確認してこいっつーわけだ。クソが。

わぁーったらさっさと、オレの楽しみ邪魔してくれやがった蛇野郎の首を拝ませな」

「……………」

警備員たちは目配せをし合うと、やがて「……少々お待ちください」と言い、コンソールを操作し始めた。

ほどなくして、重苦しい音を立てながら、巨大な扉が開かれていく。

「どうぞこちらへ」

「おう」

顎鬚の警備員が促すように言ってくる。アンヴィエットはそのあとに続いて扉の方へ歩いていった。

すると、次の瞬間。

「――――」

後方に控えていた眼鏡の警備員が懐《ふところ》に手をやったかと思うと、そこから自動拳銃を取り出し、何の躊躇《ためら》いもなくアンヴィエット目がけて引き金を引いた。

乾いた音が地下施設に響き渡る。

が。

「な――」

次いで響いたのはアンヴィエットの苦悶《くもん》でも、床に倒れ伏す音でもなく、銃を撃った眼鏡の警備員の狼狽《ろうばい》の声だった。

しかしそれも当然ではある。

アンヴィエットの後頭部に当たる直前で、銃口から発射された弾丸が、バチバチと電気を帯びて静止していたのだから。

「――こんな玩具《おもちゃ》で仕留められると思ったか？　オレも舐《な》められたモンだな。あ？」

アンヴィエットはギロリと眼鏡の警備員を睨《にら》み付けた。

「く……ッ！」

眼鏡の警備員は顔を歪《ゆが》めると、再度銃を撃とうとしてきた。同時、顎鬚の警備員もまた、懐から拳銃を取り出す。

「はァッ！」

しかしアンヴィエットが一喝すると同時、二人目がけて雷撃が迸《ほとばし》った。

「が……っ!?」

「く――あ……っ！」

短い苦悶ののち、黒焦げとなった二人の警備員が床にくずおれる。それを見届けてから、アンヴィエットは訝《いぶか》しげに眉根を寄せた。

「……何がどうなってやがる？　エルルカのヤツの考えすぎかと思ったが、随分ときな臭くなってきたじゃねェか」

とにかく、目的を果たさねばならない。アンヴィエットは扉の向こうへと足を進めると、そこに収められていた封印晶に目をやった。

「……あァ？」

そして、片眉を上げながら唸《うな》るような声を発する。

この施設に封印されていた〈ウロボロス〉の破片は『首』。

〈庭園〉地下に収められている『心臓』と並ぶ最重要部位の一つだ。

しかし今アンヴィエットの目の前にあるのは、無残に砕かれた封印晶のみだったのである。

「〈ウロボロス〉の首が――ねェ、だと？」

アンヴィエットは険しい表情を作ると、口元に手を当て、考えを巡らせた。

「……一体いつからだ。エルルカの要請に虚偽の回答をしてこの事態を隠蔽しようとしていた……？　いや、そんなのいつまでも誤魔化しきれるはずがねェ。そもそもあの警備員共は何のために――」

と。アンヴィエットはそこで言葉を止めた。

理由は単純。後方から物音がしたかと思うと、黒い人影が二つ、襲いかかってきたからだ。

「――がぁッ！」

「あぁぁぁぁぁぁぁっ！」

それが、先程倒した警備員二名であると理解するのに、さほど時間はかからなかった。

背に界紋を一画展開させ、再度電撃を放つ。二人はまたも苦悶を響かせると、その場に倒れ伏した。

「はッ、随分とタフじゃねェか。心臓が止まっててもおかしくねェと思ったがよ。まあ、でも好都合だ。テメエら、ここにあった封印物は一体どこに――」

しかしアンヴィエットは、そこで再度言葉を切ることとなった。

倒したはずの警備員二人が、またも起き上がってきたからである。

「……ンだと？」

アンヴィエットは怪訝《けげん》そうに目を細めた。確かに先ほどよりも出力は抑えたが、こうも一瞬で回復できるようなダメージではないはずだ。何らかの魔術を使っているということだろうか――

「いや、まさか……」

アンヴィエットは足を踏みしめると、界紋をもう一画展開させた。

同時、アンヴィエットの左右に、三鈷《さんこ》のような武器が現れる。

「第二顕現――【雷霆杵《ヴァジュドーラ》】ッ！」

アンヴィエットが手を突き出すと同時、顕現体が回転し、先程までとは比べものにならなない出力の電撃が、前方に向かって放たれた。

その直撃を受けた警備員たちは、それぞれ右腕と左肩を吹き飛ばされ、そのまま壁に叩《たた》き付けられた。

しかし。

「あ……あ、あぁあぁぁあぁぁぁ――」

警備員は呻《うめ》くような声を上げると、またも足を進めてきた。

否《いな》、それだけではない。先ほど確かに吹き飛ばしたはずの腕や肩が、みるみるうちに再生していく。

「ち――」

その様を見て、アンヴィエットは脳裏に生まれた確信とともに奥歯を噛《か》みしめた。

そしてそのまま、足を強く地面に打ち付ける。

同時、部屋全体に電流が放たれ、またも二人の警備員は地に伏した。

だが今度は、いつまで経《た》っても起き上がってくる気配はない。ただ床の上で、指をピクピクと動かしている。

微弱な電流を対象に滞留させることにより、筋肉の動きを阻害したのである。これならばしばらくは動けないだろう。無論、あとで人を呼んで拘束する必要はあるが。

しかし、今はそれよりも先にやらねばならないことがある。アンヴィエットは足早にエレベーターに戻ると、地上階のボタンを連打した。

そして上昇していくエレベーターの中で、スマートフォンを操作し、エルルカに電話を掛ける。

するとと数度のコール音ののち、呑気《のんき》な声が聞こえてきた。

『おお、アンヴィエットか。どうじゃった？』

「どうもこうもねェ！ 〈ウロボロス〉の首が、影も形もなくなっていやがる！ それに――」

アンヴィエットは声を荒らげながらも、続けて告げた。――その、破滅的な情報を。

「――不死者だ！ 〈ウロボロス〉の権能に当てられたヤツがいる！ ここの警備は確か〈楼閣〉の管轄だったな……!?」

『……何じゃと？』

「気をつけろ！

――そっちに行ってる〈楼閣〉生の中に、不死者が混じってる可能性がある！」

◇

交流戦のため人払いがされた〈庭園〉の中、例外的に熱狂に沸いている場所が存在した。

——西部エリアに位置する練武場である。

普段は生徒たちが修練を行う場所なのだが、今は少々様相が異なっていた。広いフィールドには巨大な映像が四方に向かって投映され、〈庭園〉内の代表生徒たちの様子を逐一映し出している。そしてそれを囲うように設置された観客席には、〈庭園〉と〈楼閣〉の生徒たちがひしめき合い、それぞれの陣営に声援を送っていたのである。

名目上は、生徒たちの戦技向上のための交流戦だが、敵味方の区分けがあればどれだけでも熱狂できるのが人間という生物である。

しかも今回の交流戦には、双方の代表たる学園長まで参戦し、ついでに彩禍と喰良の彼氏争奪戦第三試合まで兼ねているときたものだ。

それに加え——

『——おぉっとぉ！　ぎょーくんに続いててっくんわかちゃんも東部エリアに到達！　さーちゃん参戦の前に四人全員を叩く作戦かぁっ!?』

戦いを盛り上げるかのように、シルベルがヒラヒラと宙を舞いながら、軽快な口調で実況をしているのである。

ちなみにたまに立体映像を分裂させては、

『どうですか、解説のシルベルさん』

『ええ、やはりさーちゃんのことを警戒しているようですね。ぎょーくんたちは早めに勝負を決めたいところでしょう』

と、一人芝居（一人とは言っていない）を繰り広げていた。

世界を裏から守る魔術師たちとはいえ、皆血気盛んな若人《わこうど》たちである。こんなもの、盛り上がるなという方が無理な話だった。

「瑠璃ちゃん……玖珂くん……」

だがそんな中、嘆川緋純《なげかわひずみ》は、不安げな顔をしながら投映された映像を眺めていた。

理由は単純なものだ。今戦っている不夜城瑠璃と玖珂無色が、身近なクラスメートだったのである。

しかも騎士である瑠璃はまだしも、無色はつい先月〈庭園〉に編入してきたばかりだ。本来ならば交流戦代表になど選ばれるはずがない。

神話級滅亡因子を倒した――などとシルベルは言っているものの、戦いぶりを見るに、とても本当とは思えなかった。怪我《けが》などしなければよいのだが――

「――あら、どうしたのよ嘆川さん。浮かない顔をして」

と、緋純が祈るような調子で映像を見ていると、不意にそんな声がかけられた。

見やるとそこに、二〇代半ばくらいの女性が立っていることがわかる。緩くウェーブのかかった髪。大胆に胸元が開けられたブラウスに、やたら丈の短いタイトスカート。――緋純のクラスの担任、栗枝巴《くりえだともえ》教師である。

「あ、先生……」

「もっと気楽にいきましょうよ。せっかくのお祭りなんだから。――あ、隣いい？」

「は、はあ……どうぞ」

緋純が汗を滲《にじ》ませながら言うと、隣の席にどっかと座り込み、手にしていたビールを美味《うま》そうに飲み干した。

「んく……んく……っぷはー！　交流戦の醍醐味《だいごみ》ったらこれよねー」

「……えっと、魔術師養成機関の交流戦はお祭りじゃなくて、滅亡因子と戦う上での技術を磨くための――」

「んもー、細かいこと言わないの。ストレスはお肌の大敵よ？」

緋純の言葉に、巴があっはっはと笑う。

その顔の赤さと陽気さからみて、今手にしていたビールが一杯目でないことは明白だった。

「あとで魔女様に報告しなきゃ」

「あのマジですみませんそういうつもりじゃなかったんですたこ焼きあげるから許してください」

ぽつり、と緋純が独白するように呟《つぶや》くと、巴は急に姿勢を正して、手にしていたたこ焼きのパックを差し出してきた。ちなみにアルコールのためか恐怖のためか、手はプルプルと震えている。

そう。普段は自信に満ちあふれた巴だったが、彩禍を前にすると借りてきたチワワのようになってしまうのだった。

過去に一体何があったのかは知らなかったが、彼女も〈庭園〉出身の魔術師という話だ。要は彩禍の弟子に当たる。もしかしたら学生時代、何かトラウマになるような出来事があったのかもしれなかった。

緋純はたこ焼きを一つ口に放り込むと（せっかくもらったのだから食べなければもったいないだろう）、再度映像に目をやった。

「大丈夫ですかね、瑠璃ちゃんに玖珂くん。まさか相手が〈楼閣〉の先生たちだなんて」

「心配しなくても平気でしょ。何しろ魔女様だって出るんだから」

緋純がたこ焼きを食べたことで買収が成功したと思ったのか、巴が少しリラックスした調子で言ってくる。相変わらずの変わり身の早さだった。

「でも、二人脱落してからじゃないと魔女様参戦できないんですよね。しかも、四人一気にやられちゃうと、魔女様が出られないまま負けになるって……」

「えっ⁉　そうなの⁉」

巴が驚いたように目を剝《む》いてくる。……どうやら今初めて知ったらしい。本当に交流戦をお祭りか何かと勘違いしているのだろうか。

「しかもこの戦い、昨日の鴇嶋さんとの勝負も兼ねてるじゃないですか。ほら、玖珂くんの彼女の座を賭けた……とかっていう」

「あー……そんな話もあったわね。でもまあ、魔女様も別に本気じゃないでしょ？　ああいう面白そうなイベントは基本断らない人なのよ」

「それはそうかもしれませんけど……魔女様って結構勝ちにこだわるじゃないですか」

「ええうんそれは滅茶苦茶《めちゃくちゃ》こだわるわね。ゲームとか遊びでも、自分が勝つまでやるとこあるし」

即答だった。なんだか妙に実感がこもっている気がした。

「玖珂くんのことを何とも思ってなかったとしても……自分が代表になった交流戦で不戦敗して、しかも鴇嶋さんとの勝負にも負けってなると……魔女様、だいぶご機嫌を損ねられるような……」

「何やってるのよ不夜城さーん！　もっとズバッとやっちゃってー！　ほら今よ！　そこー！　ぶっ殺せー！」

緋純が言った瞬間、巴が必死に応援し始めた。

当然だが、相手の殺害は反則負けである。緋純は汗を垂らしながら苦笑した。

と――

「……あれ？」

緋純はそこで、キョトンと目を丸くした。

今の今まで交流戦の様子を映し出していた投映映像が、不意にザザッと乱れたかと思うと、そのまま真っ赤なエラー画面になってしまったのである。

客席にいた〈庭園〉と〈楼閣〉の生徒たちも異常に気づいたようで、周囲にざわめきが広がっていく。

しかし、緋純がもっとも違和感を覚えたのは――その画面の前に浮遊していたシルベルの様子だった。

映像が途絶えているというのに、状況を説明するでも、皆を不安がらせないよう間を持たせるでもなく、ただ顔を俯《うつむ》かせながら静かに虚空《こくう》を漂っていたのである。

「姉さん……？」

緋純は訝《いぶか》しげな顔を作りながらその名を呼んだ。――もちろん本当の姉ではないのだけれど、こう呼ばねば応対してくれないため癖になっているのだ。

するとまるでそれに呼応するかのようなタイミングで。

『――ひ――』

「え？」

『ひひひひひひひひひひひひひひひひひひひひひひひひひひ――――――ッ！』

甲高い哄笑《こうしょう》が、練武場のスピーカーから大音量で響き渡った。

「な……何……!?」

突然のことに、耳を押さえながら狼狽《ろうばい》を露《あら》わにする。

聞こえてきたのは間違いなくシルベルの声ではあったのだが、あまりに普段の様子と異なりすぎて、それがシルベルのものと一瞬判別できなかったのだ。

しかしそんな緋純の困惑を後押しするように、真っ赤になっていた画面に、巨大なシルベルの顔が映し出された。

――狂気に染まった、凄絶な笑みを浮かべる、シルベルの顔が。

『ふふ――バレちゃったかぁ。思ったより早かったかなぁ。さすがエルちゃんにアンヴィくん。偉い偉い』

そして独り言を呟くように、シルベルが続ける。

『電波妨害してもよかったけど――こっちもう目的地に着くし、そろそろ頃合いかな。うん、そうしよう。せっかくだし、派手にいかないともったいないもんね』

「何……？　一体何を言ってるの……？」

シルベルの言っていることがわからず、緋純は表情を困惑の色に染めた。

否《いな》、緋純だけではない。周囲にいた生徒たちも皆、何が何だかわからないという顔をしている。

しかしシルベルはそれらにまったく構う様子もなく、どこか芝居がかった調子で手を広げた。

『――ご機嫌麗しゅう、親愛なるシスターズ&ブラザーズ。

今日はみんなに、残念なお知らせをしなければいけません。長らくみんなのお姉ちゃんとして頑張ってきましたが――実は私、もっと大切なものができてしまったんです』

そしてわざとらしく胸元で手を組み合わせてから、再度手を広げる。

『みんなにご紹介します。――私の、新しい妹と弟たちです』

シルベルがそう言った、次の瞬間。

『――――――――ッ!!』

練武場の客席に座っていた〈楼閣〉の生徒。

その全員が、咆哮《ほうこう》のような声を上げながら、一斉に立ち上がった。

そして思い思いの魔術を発動させ、〈庭園〉の生徒たちに襲いかかってくる。

「な……っ!?」

「きゃ――！」

狼狽と焦燥、あとは悲鳴と怒号が渦巻く中。

シルベルは、道化のような調子で慇懃《いんぎん》に礼をしながら、嗤《わら》った。

『それでは皆さんごきげんよう。

――本日を以て、〈庭園〉はお終いです』

第五章【閲覧注意】クララのヒミツ、教えてあげちゃいます

「――――」

瑠璃《るり》の号令とともに地を蹴った瞬間。

突如、〈庭園《ていえん》〉全域にサイレンのような音が鳴り響き、無色《むしき》たちはビクッと身体《からだ》を緊張させて足を止めた。

「なんだ……まさか滅亡因子⁉」

「いえ、普段の警報とは違うわ。これは一体――」

瑠璃が訝《いぶか》しげな顔をしながら辺りを見回すと、それに応えるかのように、〈庭園〉敷地《しきち》内の各所に、シルベルの映像が投影された。

『――はぁい、親愛なるシスターズ＆ブラザーズ。機は熟しました。〝狩り〟の時間です。どうぞ、存分にお楽しみくださぃ』

そして辺りのスピーカーから、そんなアナウンスが響く。

その内容の意味不明さに、無色たち〈庭園〉代表は困惑気味に目を見合わせた。

「シルベル姉さん……?」

「一体何を言って──」

橙也《とうや》と仄《ほのか》が怪訝《けげん》そうに声を上げる。

だがそれも当然だろう。確かにシルベルは人工知能というわりにはエキセントリックな言動が目立ったり、妙なこだわりがあったりはした。けれど基本的にその行動は、〈庭園〉のためのものであるという点で一貫していたのだ。

けれど、このアナウンスは意味がわからない。

それこそ、一体誰に、何を伝えようとしているのかすら──

「……っ」

しかし、そこで無色は小さく息を詰まらせた。

シルベルのアナウンスを聞いて、困惑とは違う反応を示した者たちがいることに気づいたのである。

「──ほう」

紫苑寺《しおんじ》暁星《ぎょうせい》、そして佐伯若葉《さえきわかば》と蘇芳哲牙《すおうてつが》。

無色たちと対峙《たいじ》する〈楼閣《ろうかく》〉の教師三人が、一様に目を細めたのだ。

──まるで、全てを承知しているかのように。

「思ったより早かったな。もう嗅ぎつけられたか。──いや、それとも、辿《たど》り着《つ》いたということかな？」

「ふふ、もしかしたら、その両方かもしれませんね」

「どっちだって構やしねぇさ。どっちにしろ、やるこたぁ変わらねぇ」

言って、紫苑寺たちがくつくつと笑う。

それを見て、瑠璃が眉根を寄せながら声を上げた。

「何かご存じなのですか、紫苑寺学園長。この放送は一体──」

「ああ、教えてあげよう。なあ、佐伯くん、蘇芳くん」

「ええ、そうですね──」

「──ったく、枯れねぇ爺《じい》様だ」

紫苑寺がそう言うと、若葉と哲牙が同時に地面を蹴った。

挟撃でも仕掛けてくるのかと思ったが──違う。

「…………！」

一拍おいて、瑠璃が何かに気づいたように肩を震わせた。

──そう。二人は無色たちに向かってくるために跳んだのでもなければ、注意を引き寄せるために動いたのでもない。

ただ単純に——この場から離脱しただけだったのだ。

「逃げて——！」

瑠璃が無色たちに金切り声を上げてくる。

しかし、無色たちがそれに反応するより早く。

「第四顕現——【巨星牢檻《グラビティ・パレス》】」

〈影《かげ》の楼閣〉学園長・紫苑寺暁星の第四顕現が、展開された。

紫苑寺の足下に描かれていた界紋《かいもん》が四画となったかと思うと、彼の纏《まと》っていた〈楼閣〉の制服が、法王を思わせる荘厳《そうごん》な法衣《ローブ》へと変貌する。

そして、それと同時。

彼を中心とした周囲の景色が、まるで渦を巻くようにして、別のものへと変わっていった。

闇で形作られたかのような、巨大な聖堂へと。

——第四顕現。顕現術式の粋にして極致。

第一顕現〈現象〉、第二顕現〈物質〉、第三顕現〈同化〉の位階を越え、途方もない修練の果てに辿り着く至高の〈領域〉。

己を中心とした空間を『自分の景色』で染め上げる、究極の術である。

実際無色も、彩禍《さいか》以外の第四顕現を目にするのは初めてであった。

「馬鹿な！　一体何のつもりです！　交流戦の規定は第二顕現までだったはず！　勝負を捨てるのですか⁉」

闇の檻《おり》に囚《とら》われた橙也が悲鳴じみた声を上げる。

すると紫苑寺は、嘲るようにそれを見下ろした。

「――この期に及んでまだ、交流戦などと言っているのか。己の置かれた状況をいち速く理解するのもまた、魔術師の資質ぞ」

言って、ゆらりと右手を掲げる。

指揮棒の如《ごと》き杖《つえ》が握られた、右手を。

瞬間――

「が……っ⁉」

「く――！」

無色たちは短い苦悶《くもん》を上げながら、地に突っ伏した。

まるで見えない手に押さえ付けられるような――否、もっと正確に言うならば、自分の身体の重量が何倍にも膨れ上がったかのような感覚。自重が筋力の限界を越え、姿勢を保つことができない。

辛《かろ》うじて瑠璃だけが【燐煌刃《りんこうじん》】の柄を杖にするようにして立っているものの、自由に身動きが取れるような状態ではなさそうだった。

しかしそれでも瑠璃は、その双眸《そうぼう》に戦意を灯《とも》したまま、紫苑寺を睨《にら》み付《つ》けてみせた。

「……事情はわかりませんが、敵ということは理解しました。〈庭園〉騎士の名において、あなたを……拘束します」

「よろしい。やってみたまえ」

紫苑寺はそう言うと、第二顕現と思《おぼ》しき杖の先端を天に向けた。

「我が第四顕現の中で二足を保っていられるだけでも驚嘆に値する。さすがは騎士と言うべきか。——だが、その状態で【星降杖《メテオ・タクト》】を避けられるかな?」

「————!」

その言葉に、動作に、無色は心臓が収縮するのを感じた。

交流戦開幕直後、無色たちのもとに降り注いだ一撃を思い出したのである。

あのときは瑠璃のおかげで事なきを得た。けれど今、瑠璃は十全に動ける状態にない。もしも紫苑寺が先ほどの攻撃を繰り出してきたなら、その結果は想像に難《かた》くなかった。

「瑠璃……!」

無色は凄《すさ》まじい重圧の中、喉を絞るように声を上げた。

けれど、まるでその声までもが重力に囚われてしまったかのように、瑠璃も紫苑寺も、反応を示さない。

紫苑寺が、ゆっくりと杖を振り下ろす。

聖堂の天窓に、幾つもの星が煌《きら》めくのが見えた。

――脳裏に、とある光景が蘇《よみがえ》る。

今から数週間前。『彼女』と対峙した瑠璃が、血の海に沈む光景が。

「瑠璃――――ッ！」

無色は絶叫を上げると、手にした剣の柄を握りしめ、無理矢理振り抜いた。

無論、身体も剣も、重力の檻に囚われたままだ。紫苑寺に攻撃を加えるどころか、切っ先で床をガリガリと引《ひ》っ掻《か》いたに過ぎない。無理な動作に骨が軋《きし》みを上げ、激しい痛みが右腕を襲う。

無駄な足掻《あが》きと言われればその通りかもしれなかった。けれど、妹の窮地に何もしないでいることなど、無色にはできなかったのである。

と――

「…………っ」

そこで紫苑寺がぴくりと眉を揺らしたかと思うと、杖の動きを止めた。

そして何か信じられないものを見るかのような調子で、無色の方を見つめてくる。

否《いな》——違う。正確に言うならば、彼が見ているのは無色ではなかった。

無色の剣が引っ掻いた聖堂の床。

そこに、三日月のような傷が生じていたのである。

第四顕現の規模からすればほんの僅かな傷跡。しかしながら紫苑寺がそれに気づいた理由は容易に知れた。

闇色に染められた聖堂の中、その僅かな傷跡《きずあと》だけが、皓々《こうこう》とした光を放っていたのである。

——そう。まるで、外界の陽光が差し込んできているかのように。

「私の第四顕現に傷を付けた——だと？　その剣は一体——」

紫苑寺は訝しげに眉をひそめたが、すぐに心を落ち着けるように表情を元に戻した。

魔術師の強さとは精神の強さ。狼狽《ろうばい》や焦燥は容易《たやす》く顕現体の精度を落とす。それを重々承知しているのだろう。

「面妖な術を使う。だが、その毛ほどの傷が何だというのだ？　我が【巨星牢檻《グラビティ・パレス》】は何も揺るがぬ」

言って紫苑寺が目を細め、杖を動かす。——瑠璃ではなく、無色の方へ。

恐らく、得体の知れない力を持つ無色を先に片付けてしまおうという腹積もりだろう。

それを察してか、瑠璃が息を詰まらせる。

だが――

「――否。それが蟻《あり》の一穴よ。しばらく見ぬうちに耄碌《もうろく》したか、〈楼閣〉の」

そのとき。どこからか、そんな声が響いてきた。

「なに――？」

紫苑寺が、訝《いぶか》しげに声を上げる。

するとその瞬間、無色が生じさせた三日月形の傷から、獣の爪がぬっと顔を出したかと思うと、そのまま力任せに傷跡を広げ、一匹の狼《おおかみ》が闇の聖堂の中に侵入してきた。

――白銀に輝く毛並みに、赤い紋様を持った、美しい狼が。

それを見て、紫苑寺が目を見開く。

「……！　フレエラの犬か！」

紫苑寺が狼目がけて杖を振り下ろそうとする。

しかし狼は重力の枷《かせ》を受けていないかのように軽やかに跳躍すると、そのまま紫苑寺の首に噛《か》み付いた。

「が……ッ！」

盛大に血がしぶき、紫苑寺の苦悶の声が響き渡る。

それと同時、彼の掲げていた杖と、纏っていた法衣が光と消え、辺りを包んでいた闇の聖堂もまた、もとの景色へと戻っていった。

「……っ！　はぁ……っ、はぁ……っ――」

全身にのしかかっていた重力が消え去る。無色は急激に肺が広がるような感覚に、軽く咳《せ》き込んだ。

「無色！　大丈夫⁉」

瑠璃が心配そうに膝を折ってくる。無色は全身の痛みを堪《こら》えるように、笑みを作ってみせた。

「ああ、うん。なんとか……瑠璃こそ、平気？」

「ええ――」

言いながら、瑠璃がちらと無色の剣を一瞥《いちべつ》する。――彼女も気になっているのだろう。

無色の剣が一体何をしたのかが。

しかし、今はそれを問《と》い質《ただ》している場合ではないと判断したのだろう。小さくうなずいてから顔を上げ、紫苑寺の方を見やった。

紫苑寺は、既に宙に浮いてはいなかった。地面に仰向けに横たわり、首から夥《おびただ》しい血を流している。素人目《しろうとめ》に見ても、致命傷であろうことは明白だった。

「今の狼は……」

と、無色が呟《つぶや》くように言うと、それに応えるかのようなタイミングで、後方から声が聞こえてきた。

「──誰かは知らぬが、よくやった。よもや、僅かとはいえ紫苑寺の第四顕現に綻びを作ろうとはの」

「エルルカ様──」

瑠璃が後ろを振り向きながら、声の主の名を呼ぶ。

彼女の言うとおりそこには、大きな狼の背に跨《またが》り、身体《からだ》に刺青《いれずみ》のような界紋を展開させた〈庭園〉騎士、エルルカ・フレエラの姿があった。

否、もっと正しく言うならば、周囲には何匹も、狼の姿が見受けられる。──間違いない。エルルカの第二顕現【群狼《ホロケウ》】だ。恐らく姿の見えない若葉や哲牙は、狼たちが相手をしているのだろう。

「エルルカ様、一体何があったのですか？　シルベルも、紫苑寺学園長たちも……」

瑠璃が問うと、エルルカは険しい顔のまま続けた。

「全容はまだわからぬ。じゃが確かなのは――」

と。エルルカはそこで言葉を止めた。

理由は単純。明らかに致命傷を負っていたと思われた紫苑寺が、むくりと身体を起こしたからだ。

「な――」

しかも、狼の牙に食いちぎられたと思しき首元の傷がじぶじぶと泡立ち、元の形へと復元していく。尋常ならざるその光景に、無色は思わず息を詰まらせてしまった。

「やってくれたな、エルルカ・フレエラ……」

「――は。斯様《かよう》なもの、やったうちに入らぬわ」

紫苑寺が憎々しげにエルルカを睨み付ける。しかしエルルカは半眼を作ると、フンと鼻を鳴らしてみせた。

「エルルカ様、あれはまさか」

「……うむ。『不死者』じゃ。――〈ウロボロス〉の円環に囚われし、哀れなる骸《むくろ》よ」

「〈ウロボロス〉……!?」

その名に、瑠璃が驚愕《きょうがく》の表情を作る。エルルカは小さくうなずきながら続けた。

「──園内で〈楼閣〉生を見たならば敵と思え。どうやったかは知らぬが、シルベルも取り込まれたと思って間違いない。

　ここはわしが抑える。ぬしらは急いで彩禍を探せ。この事態を収められるとすれば、あやつしかおらぬ」

「ですが、彩禍様であればいずれこの危機に気づかれるでしょう。それより急務は、紫苑寺学園長を抑えることかと。私も──」

「ならぬ。──ぬしはまだ、先の傷が癒えきってはおるまい。その身体では、第三以上の顕現は難しいはずじゃ。顕現段階が制限されている交流戦ならばまだしも、本気の紫苑寺はそこまで優しい相手ではないぞ」

「…………っ」

　先の傷──とは、恐らく先月の『彼女』との戦いの際に負った怪我《けが》のことだろう。瑠璃はすぐに意識を失ったためか相手のことはよく覚えていないようだったが、無色とともに一度『彼女』と対峙《たいじ》していたのである。

　瑠璃は一瞬逡巡《しゅんじゅん》のようなものを見せたが、すぐに思い直すように首肯した。

「……了解しました。ご武運を」

「ふ。誰に言っておる」

瑠璃の言葉に、エルルカが肩をすくめる。

無色たちはエルルカに小さく頭を下げると、軋む身体に鞭打《むちう》ち、〈庭園〉の道を駆けていった。


「…………、しかし――」

瑠璃たちの背を見送ったのち、エルルカは狼の背に跨りながら、改めて紫苑寺の姿を見やった。

「よもやぬしほどの男が取り込まれるとはな。

――じゃが、まさか自分から望んで軍門に降ったわけでもあるまい。

言え。一体何があった。魔術師としての矜持《きょうじ》が僅かでも残っておるのならば、不死の楔《くさび》に抗《あらが》ってみせよ」

「ふ――」

紫苑寺は目を細めると、足下に界紋を展開させ、その手に杖《つえ》を、その身に法衣《ローブ》を再顕現させた。

「力尽くで口を割らせてみろ。――魔術師としての矜持があるのなら」

そして、ニィと唇を笑みの形にしてくる。

それを受け——エルルカもまた、口元を歪《ゆが》めた。

「よかろう。少しばかり遊んでやる。

——かかってくるがよい、若造」

◇

「——不夜城《ふやじょう》くん！　魔女様に連絡は！」

「さっきからしています！　でも、応答がありません！」

〈庭園〉東部エリアの道を駆けながら、瑠璃が橙也に返す。その手には第二顕現【燐煌《りんこう》刃《じん》】が、左手にはスマートフォンが握られていた。

瑠璃は先ほどから彩禍に連絡を試みているようだったが、応答がないらしい。——まあ、とはいえそれも当然である。今彩禍は無色の姿をしてここにいるのだから。

しかし彼女らがそれを知るはずもない。一緒に道を走る仄が、不安そうに声を上げた。

「ま、まさか魔女様、もうやられてしまったんじゃ——」

『——それはありません』

仄の言葉に、無色と瑠璃の声がハモった。

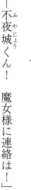

そのあまりの即答っぷりに、灰が「で、ですよねー……」と上擦った声を漏らす。

「……ですが、魔女様がまだ行動を起こしていないのも確かです。もし魔女様が事態の鎮圧に乗り出していたなら、敵にこうも好き勝手をさせるはずがありません。恐らく何らかの理由で席を外しているか、身動きが取れない状態にあるかではないかと」

「……なるほど。とにかく、一刻も早く魔女様に――」

と、橙也が言いかけたところで、前方の中空にパッとシルベルの顔が投映された。

『――おやおやぁ？　るーちゃんにむっくん、とーくんにほのちゃんも。まさかぎょーくんたちのところから逃げてきたのかな？

みんなー、ここに〈庭園〉代表の子たちがいますよー！　目指せ高スコアー！』

そして、高らかに声を上げると同時、侵入者を報《しら》せるようなけたたましいサイレンの音が鳴り響く。

「な……っ⁉」

無色たちがギョッとしていると、すぐに前方の建物の陰から、第二顕現を発現させた〈楼閣〉の魔術師が二名、躍り出てきた。〈楼閣〉代表の松葉《まつば》タケルと、元代表の根岸《ねぎし》翔《しょう》である。

「――見つけたぁ！」

「代表は一人一〇〇点だったな！」

そして、ゲームでもしているかのような調子でそう叫ぶと、槌《つち》型とメイス型の第二顕現を振り上げてくる。

「ち――」

「――【点睛絵筆《グラフィエール》】！」

先行して走っていた橙也と灰が第二顕現を掲げ、その攻撃を受け止める。魔力の光が火花のように辺りを照らした。

「ここは僕たちに任せろ！」

「あなたたちは……魔女様を！」

二人が〈楼閣〉魔術師を弾《はじ》き飛《と》ばしながら言ってくる。

無色と瑠璃は一瞬視線を交わすと、どちらからともなくうなずいた。

「――頼みます！」

「どうかご無事で！」

その場を二人に任せ、駆け出す。後方から、激しい戦いの音が響いてきた。

とはいえ、〈庭園〉のセキュリティを司《つかさど》るシルベルが敵に回ってしまった以上、いつまでも逃げ回れるはずはない。一刻も早く彩禍に降臨願わなければならなかった。

そしてそのためには、黒衣《くろえ》との合流が不可欠である。――無色が彩禍となるためにも、何をすべきかの方針を賜《たまわ》るためにも。無色は走行しながら瑠璃に声を投げた。

「瑠璃！　二手に分かれよう！」

「――は⁉︎　何言ってるの⁉︎　あんた一人放り出せるとでも⁉︎」

しかし、無色の提案は即座に却下された。

「で、でも、彩禍さんを効率的に探すには手分けした方が――」

「片方がやられたら結局同じでしょ！」

「…………」

ぐうの音も出なかった。しゅんと肩を落とす。

とはいえ、それで諦めるわけにはいかなかった。何しろ〈庭園〉の存亡がかかっているのだ。ぐっと拳を握り、もう一度瑠璃に訴えかけようとする。

が、無色の喉から声が発されるより一瞬早く、無色の制服のポケットから軽快な音が鳴った。――SNS『コネクト』のメッセージ着信音だ。

「…………！」

無色はハッと息を詰まらせると、ポケットからスマートフォンを取り出した。

そう。今この世界で、無色のIDを知っている人間は、一人しかいなかったのである。

「黒衣――」

果たして、それは黒衣からのメッセージであった。

初めてのメッセージ。感涙に噎《むせ》び泣きそうになるが、どうにか堪える。この状況で黒衣が寄越してくる連絡が、仕事の愚痴やお茶のお誘いでないことは明らかであった。

急いでアプリのアイコンをタップし、その全文に視線を走らせる。

そんな無色を見て、瑠璃が眉をひそめた。

「この非常時に何してるのよ。あとにしなさい！」

まあ、無理のないことである。事情を知らぬ瑠璃からすれば当然の反応だ。

無色はスマートフォンをポケットに収めると、瑠璃に向かって声を投げた。

「瑠璃！　黒衣から指示だ！　大図書館の地下二〇階に連れていってほしい！」

「地下二〇階……って――」

無色が言うと、瑠璃はハッと目を見開いた。

「封印区画……〈ウロボロス〉……まさか――」

そして口の中で二、三言呟《つぶや》いたのち、奥歯を噛《か》み締《し》めるようにしてうなずいてくる。

「……付いてきなさい！」

「わかった！」

瑠璃が地面を踏みしめ、進行方向を変える。無色は瑠璃に置いていかれないよう、足に力を込めて地を蹴った。

「にしても瑠璃、〈ウロボロス〉って一体……!?」

「……私も直接見たことがあるわけじゃないけど、何百年か前に魔女様に倒された神話級《マイソロジア》滅亡因子のうちの一体って話よ。『不死』の権能を持ち、その円環に取り込まれた者もまた死のない亡者《もうじゃ》となる——さらには、既に死んだ者の肉体さえ蘇《よみがえ》らせたとも伝えられているわ」

「不死……」

先ほどの紫苑寺の姿を思い起こしながら、零《こぼ》すように言った。

「それって滅亡因子……なんだよね？　不死なんて、なりたがる人も少なくないんじゃ……」

不死、そして不老の肉体は、人類の夢であり悲願と言っても過言ではあるまい。時の権力者が不老不死を求めた逸話は、洋の東西を問わず枚挙にいとまがない。

「ええ、そうかもね」

しかし瑠璃は、そんな質問は想定済みであるというように返してきた。

「——ただ、滅亡因子に節度なんてものはないし、如何《いか》な生物であろうと区別も差別もしない。放っておけば地球上のあらゆる生物から、老いも病も死も奪い去り、滅びた肉体さえも蘇生《そせい》させるでしょう。そしてそれらは無限に交配を続け、数を増していく――」

「………………！」

瑠璃の言葉に、無色は息を詰まらせた。

「その果てにあるのは、死のない者たちで溢《あふ》れかえった世界よ。共食いを繰り返し、蘇生を繰り返し、繁殖を繰り返し、大地を、海を、空を侵していく。

――生命のサイクルを狂わせる無限の蛇。今まで観測された滅亡因子の中でも、『最悪』に数えられるものの一つよ」

「……なるほど」

無色は納得を示すように声を絞り出した。

確かにそれは地獄より他に形容の仕方が見つからない。

「……そして〈庭園〉大図書館の地下には、その〈ウロボロス〉の一部が封印されていると言われているの。さしもの魔女様も、不死の肉体を持つ〈ウロボロス〉を殺しきることはできなかったみたい」

「彩禍さんにもできないことがあったんだ……」

「でもそこがいいわよね」

「わかる」

瑠璃の言葉に、思わずノータイムでうなずいてしまった。瑠璃は一瞬「え?」という顔を作ったが、聞き間違いと思ったのか、そのまま言葉を続けてきた。

「……とにかく、〈庭園〉の地下には、そんな怪物の一部が封印されてるってわけ。今の状況にどう関わってるかはわからないけど——魔女様の侍従の黒衣がそこに向かえっていうなら、無関係ってことはなさそうね」

「——そうだね。ところで瑠璃」

「なに?」

「今の、一般生徒が聞いちゃいけなさそうな情報だった気がするんだけど、大丈夫?」

「…………」

無色の言葉に、瑠璃が一瞬無言になった。

「沈黙か死か、好きな方を選ばせてあげる」

「く、口は固い方だから……」

無色が慌てて言うと、瑠璃は視線を前に戻した。

「——見えてきたわ。大図書館よ」

言って、中央エリアと東部エリアの狭間《はざま》に建った、巨大な建造物を示す。〈庭園〉内を移動する際に幾度か目にしたことがあった。近代的な建物が多い〈庭園〉には珍しく、古風な洋館のような造りである。

瑠璃はその入り口に至ると、ドアノブを数度ガチャガチャと回したのち、

「――はぁっ！」

【燐煌刃《りんこうじん》】を振るって、扉を両断した。

「瑠璃⁉」

「シルベルが掌握されてるなら、素直に鍵が開くはずがないわ。――早く！」

「う、うん……！」

一瞬驚きはしたが、瑠璃の言うとおりである。一刻を争う状況だ。細かいことを気にしている暇はないだろう。

無色は、見るからに文化的価値の高そうな扉の破片を一瞥《いちべつ》してから、瑠璃の背を追って大図書館へと足を踏み入れた。

そしてそのまま廊下を走り、通常生徒が立ち入りを許されていないであろう場所へと至る。

そこには、下階へ向かうボタンのみが設置されたエレベーターが一基あった。扉の隣に認証装置と思《おぼ》しきものが設《しつら》えられており、限られた者のみしか使用できないことがわかる。

しかし。

「とうっ！」

瑠璃は躊躇《ためら》いなくその扉を、第二顕現の刃《やいば》で破壊してみせた。

とはいえまあ、仕方あるまい。エレベーターは電子制御。シルベルが敵に回ってしまった以上まともに動くとは思えなかったし、仮に動いたとしても、密室に閉じ込められることになるだろう。

と、無色が汗を滲《にじ》ませながらそんなことを考えていると、瑠璃があごをしゃくるようにして言ってきた。

「行くわよ。摑《つか》まって」

「え？　……こう？」

無色が瑠璃の腕を摑むと、瑠璃は眉根を寄せた。

「死にたいの？　もっとしっかり摑まりなさい」

「しっかり……」

無色は言われたとおり、瑠璃の身体《からだ》に手を回し、しっかりとハグをした。

「な――っ、何すんじゃこらー！」

殴られた。無色は涙目になりながら手を離した。

「しっかり摑まれって言ったのに……」

「背中からに決まってるでしょ！　こう、おんぶみたいな感じ！」

真っ赤な顔をしながら瑠璃が言ってくる。無色は、今度は殴られないように慎重に背後から手を回した。

「……よし。じゃあしっかり摑まってて。手を離したら死ぬわよ」

「ええと……瑠璃？　一体何を――」

無色の言葉を最後まで聞かず、瑠璃は【燐煌刃《りんこうじん》】を振るうと、今度はエレベーターの底を綺麗《きれい》にくりぬいてみせた。

そしてそのまま、暗い口を開けた縦穴に身を躍らせる。

必然、瑠璃の背に負ぶさっている無色も、一緒に闇へとダイブすることとなった。

「う――――っ、わぁぁぁぁぁぁぁぁぁぁぁぁぁぁぁぁぁぁぁぁ――――っ⁉」

全身を突然の浮遊感が襲う。無色は瑠璃から振り落とされないように両腕に力を込めた。

しかし瑠璃は至極落ち着いた様子で【燐煌刃《りんこうじん》】を振るうと、その変幻自在の刃を壁に突き刺し、スピードを調整するようにして落下していった。

そしてそれから数秒後。

最下層へと辿《たど》り着《つ》いた無色は、軽やかに着地を決めた瑠璃から手を離した。

「もう……ジェットコースターなんて怖くない……」

「何言ってるのよ。ほら、こっち」

瑠璃がエレベーター出口の扉を切り裂き、先を促してくる。

無色は指先の震えを取り払うように拳を握りしめ、床を蹴った。

そして、しばらく廊下を走ったのち──『そこ』へと辿り着く。

壁を埋め尽くす魔術文字。銀行の大金庫を思わせる金属製の門扉《もんぴ》。

そして──

「な……」

そこにいた『先客』の姿を見て、無色は思わず目を見開いた。

それはそうだろう。何しろそこには──

「──あっれー？　むしピじゃないっすか。珍しいトコで会いますね。来るとしたら魔女様かと思ってたんすけど。あ、もしかして運命の赤い糸ってやつっすかね？　なんて？　たはー」

などと能天気に笑う、鴇嶋喰良《ときしまくらら》の姿があったのだから。

「喰良……？　なんでここに――」

無色が言いかけると、瑠璃が無色の前に薙刀《なぎなた》の柄を伸ばしてきた。

まるで、無色の足を止めるように。

あるいは、無色を守るかのように。

「……エルルカ様の言ったことを忘れたわけじゃないでしょ。喰良は〈楼閣〉の生徒よ」

「…………！」

言われて、無色は指先を震わせた。

忘れていたわけではない。理解できていなかったわけでもない。

けれど、あまりに自然で、無色の記憶にある通りの受け答えをする喰良を前にして、一瞬信じられなかったのかもしれなかった。

――この喰良が、不死者である、だなんて。

「あゃ？　もしかしてなんか警戒されちゃってます？　やーん、悲しいっす。肌を重ねた仲じゃないっすかぁ」

「あれはあんたが一方的にやっただけでしょ！」

喰良の言葉に、瑠璃が怒声を上げる。――しかしすぐに思い直したように、小さく咳払いをした。

「——喰良。残念よ。あんたのことは好き——ではなかったわね別に。うん。無色にベタベタしたり魔女様に無礼なこと言ったり。今までの鬱憤晴らしてあげるからそこに直りなさい」

「えー、なんか途中までいい話っぽかったのにー」

喰良が不満そうに、ぷぇー、と唇を尖《とが》らせる。

しかし瑠璃は油断なく【燐煌刃《りんこうじん》】を構えた。

「あんたが不死者だっていうのはわかってる。悪いけど、手加減はなしよ」

「やや、勘違いっすよ妹サン。アタシ様、不死者なんかじゃありませんって。誤解っす」

「……この期に及んでそんな言い訳が通じるとでも思ってるの？」

瑠璃が視線を鋭くし、第二顕現の刃を喰良に向ける。その気勢を感じ取ったかのように、彼女の頭部に現れていた二画の界紋がより強く輝きを放った。

が。

「——いえ。喰良さんは確かに、不死者ではありません」

そのとき、後方から、そんな静かな声が響いてきた。

「……！　黒衣！」

無色がその名を呼ぶと、黒衣は静々と歩みを進め、瑠璃の隣に立った。

「よかった。無事だったんですね」

「ええ、なんとか。――親切などなたかが大穴を開けてくださったおかげで、ここにも辿り着けました。今度請求書の裏に礼状をしたためてお送りしておきましょう」

「……………」

冗談めかした黒衣の言葉に、瑠璃の頬にたらりと汗が垂れた。

「……それより、黒衣。どういうこと？　喰良が不死者じゃないって」

瑠璃が話題を変えるように言う。すると黒衣は、喰良の目を見据えながら続けた。

「不死者とは、〈ウロボロス〉の円環に囚《とら》われ、『死』を奪われた生物のことです。……この場所に至って、ようやく気づきました。彼女は不死者ではありません。――もっと、おぞましい、い、いものです」

「――――」

黒衣が言うと、喰良はニィッと唇を歪《ゆが》め、妖《あや》しい笑みを浮かべた。

それまでの喰良とは印象の異なる、凄絶な表情。無色は心臓が強く収縮するのを感じた。

「にゃっはっは……もっとおぞましいときましたか。言ってくれちゃいますねえ。でも――まあ、正解としといてあげます」

喰良はそう言うと、無色たちの方に向き直り、ゆらりと両手を広げた。

そんな動作に合わせるように、彼女の身から、濃密な魔力が溢《あふ》れていく。

「——瑠璃さん！」

「わかってる！」

黒衣が声を響かせながらスカートを翻《ひるがえ》す。そして太股《ふともも》に備えていたと思しきスローイングダガーを抜き取ると、そのまま喰良目がけて投擲《とうてき》した。

同時、瑠璃が呼応するように【燐煌刃《りんこうじん》】を振るう。変幻自在の青い刃は鞭《むち》のようにしなると、喰良に吸い込まれるように伸びていった。

「く——！」

——次の瞬間、喰良を起点に爆発が起きる。どうやら黒衣の投げたダガーに何らかの術式が刻印されていたらしい。凄《すさ》まじい衝撃波に、無色は身を竦《すく》ませた。

しかし。

「——んやー、容赦ないっすねえ。でも、嫌いじゃないっすよ、そういうの」

もうもうと上がる煙の奥から、平然とした喰良の声が聞こえてきた。

やがて煙が晴れ、その全容が見て取れるようになる。

「……！」

その姿を見て、無色は思わず息を呑《の》んだ。

それはそうだ。喰良は下腹部にハート形の界紋を展開し、その両手に、棺桶《かんおけ》のような形をした籠手《ガントレット》付きのチェーンソーを、全身にビビッドカラーで彩《いろど》られた衣服を発現させていたのだから。

「第三顕現……ッ!?」

驚愕《きょうがく》に染まった瑠璃の声が、封印区画にこだまする。

「あっはっは、驚いてくれました？　ううん、でもまだまだここからっすーーよッ！」

瞬間、エンジンを噴かすような音が鳴り響いたかと思うと、喰良が両手に持ったチェーンソーの刃が高速回転を始めた。

同時、喰良が床を蹴り、無色たちの方へと飛びかかってくる。

「くーー！」

瑠璃が【燐煌刃《りんこうじん》】を振り上げ、喰良の攻撃を受け止める。

目にも留まらぬ攻防が繰り広げられ、辺りに魔力の光が火花のように散った。

「ーーはぁっ！」

「ぬおっと」

裂帛《れっぱく》の気合いとともに【燐煌刃《りんこうじん》】の刃が膨れ上がり、一瞬喰良の動きが止まる。

「無色さん！」

「はい！」

無色は黒衣の声に応えるように、第二顕現【零至剣《ホロウ・エッジ》】を繰り出した。同時、黒衣もまた、喰良目がけてダガーを投げつける。

「うおっと、危ない――」

喰良は軽やかに身を反らすと、攻撃を避けるように後方に飛《と》び退《の》いた。

だが、それこそが術中である。

「――おぉぉぉ――ッ！」

瑠璃が身体《からだ》を回転させるように柄を振り抜く。すると【燐煌刃《りんこうじん》】の刃が意思を持ったように蠢《うごめ》き、喰良の首を切り飛ばした。

「およ――？」

キョトンと目を丸くした表情のまま、喰良の頭部が宙を舞う。地下施設の壁床天井に、赤い花が咲いた。

しかし。

「な……っ⁉」

瑠璃が狼狽《ろうばい》の声を漏らす。

とはいえそれも無理からぬことだろう。何しろ明らかに絶命したはずの喰良が、切り飛ばされた自分の首に手を伸ばし、地面に落ちる寸前で保持していたのだから。

「やー、びっくり。死ぬかと思いました——なんて」

そして軽い調子でそう言って、首をポンと放り投げる。

喰良の首は元あった場所に収まると、じぶじぶと泡立つような音を立てながら綺麗に接合した。

「うーん、よくないっすね。死なないって油断からか、どうも防御が疎《おろそ》かになっちゃって。ハンセーハンセー。

——しっかし、腹据わってますねぇ妹サン。人型で意思疎通できる相手の首躊躇《ためら》いなくイケますフツー？」

「……それが魔術師ってものでしょう？」

「ヒュウ。かっけーっす」

喰良は小さく口笛を吹くと、繋《つな》がった箇所の感触を確かめるように、首を右に左に振った。

「まぁ負けるつもりはないっすけど、やっぱ三対一だと手数に差が出てきますねえ。——まだストック残ってたかな……っと」

言って、前屈するように背を丸め、チェーンソーを床に突き立てる。

そしてそのまま、床を削るようにその刃を回転させた。

「オープン・ザ・コフィン！」

すると、まるでその刃の回転に巻き上げられるかのように、喰良の背後の地面から、煌《きら》びやかなラインストーンで飾《デコ》られた、悪趣味な意匠の棺桶が二つ、飛び出してくる。

そして、その中から――

「…………」

「――――」

〈楼閣〉の制服を着た生徒が二人、歩み出てきた。

「な……っ」

「これは――」

無色と瑠璃が声を漏らすと、喰良は気安い調子で〈楼閣〉生二人の背を叩《たた》いた。

「――どうっすか？　アタシ様の第二顕現、【生々不転《エンドレッサー》】の刃に誘《いざな》われたヒトは、『老い』も『病』も『死』も、まるっとなくなっちゃうんす。ヤバくないっすか？」

言って喰良が、にしし、と笑う。

その様を見て、瑠璃が視線を射殺《いころ》すように鋭くした。

「……何を言っているの？　まさか、〈庭園〉に来てる一〇〇人以上の〈楼閣〉生、全員あんたが殺したっていうの……？」

「うーん、殺したっていう表現はちょっと違うと思いますけど、まあ概《おお》むねそんな感じっす。〈庭園〉での交流戦前だったんで、ちょうどいいかなーって。――いやー、同胞とはいえ一〇〇人以上の部外者を陣地に入れちゃうのはブヨージンだと思いますよ？　ま、お陰でアタシ様的にはだいぶ助かりましたけど。基本、魔術師サンって滅亡因子とだけ戦えばいいって思ってるフシあるんで、お仲間には無防備なんすよねー」

「一体……何のために――ッ！」

瑠璃が言うと、喰良は唇を歪め、パチンを指を鳴らした。

「そんなの、決まってるじゃないっすか」

するとそれに応ずるように、ザザッという電子音が鳴ったかと思うと、その場に銀髪の少女の姿が現れた。――〈庭園〉管理ＡＩ・シルベルだ。

「シルベル……！」

『さっすがるーちゃん。地上の混戦に惑わされずここに辿《たど》り着くだなんて。褒めてあげます。よしよし』

シルベルはいつもと変わらぬ優しげな調子でそう言うと、空中で身を翻し、喰良の背後に回った。

そしてその肩に腕を回すようにしながら、続ける。

『でもぉ、くらりんの邪魔をするのは駄目ですよぉ？

──せっかく苦労してここまで辿り着いたんすからぁ』

「…………っ」

シルベルの発した特徴的な口調に、瑠璃が眉根を寄せる。

「……シルベルも、あんたの術中だったってこと？　一体いつから、どうやって……」

「やぁん。それは企業秘密っす。アタシ様が親切だからって、何でもかんでも教えてもらえると思ったら大間違いっすよー？」

喰良が戯《おど》けるように小首を傾《かし》げる。そのふざけきった態度に瑠璃は額に血管を浮かばせたが、怒鳴ったところでどうにもならないと考えたのだろう、憎々しげに喰良を睨《にら》み付《つ》けるに止《とど》める。

実際、喰良の魔術は反則的だ。どうとでも応用が利《き》くだろう。シルベルは如何《いか》に高性能とはいえ人工知能。極端な話、それに干渉するだけの力がある技術者を不死者にしてしまうだけでことは済むのだ。

否《いな》、もしかしたら、喰良が『生物』と認識した存在ならば、円環に取り込むことができる──ということさえあるかもしれない。……もしそうだとすれば本当に手が着けられないが。

喰良は無色たちの様子を可笑《おか》しそうに眺めると、シルベルに頬ずりするような仕草をした。

「うんじゃシル姉、よろしくお願いします」

『は・ぁ・い♡』

喰良の声にシルベルが応え、人差し指をくるくると回してみせる。

すると封印区画最奥《さいおう》のコンソールが電子音を発し、重厚な金属製の門扉《もんぴ》がゆっくりとその口を開けていった。

「…………！」

その中から出てきたモノを見て、思わず目を見開く。

――透き通った水晶に覆われた、巨大な心臓。

間違いない。あれが話に聞いた、〈ウロボロス〉の一部だろう。

「ううん、ようやく会えましたね。では早速――」

喰良がうっとりするような調子でそう言って、心臓に手を伸ばす。

「――彼女をあれに触れさせてはいけません！」

瞬間、黒衣が声を上げた。彼女らしからぬ大音声《だいおんじょう》が、事態の深刻さを暗に伝えてくる。

無色と瑠璃は、その声に弾《はじ》かれるように床を蹴った。

「あぁぁぁぁぁぁ――ッ！」

しかし、その行く手を阻《はば》むように、先ほど棺桶から歩み出てきた〈楼閣〉生二人が、第二顕現を発現させて立ちはだかってくる。

「ち――！」

瑠璃が刃を操り、前方の〈楼閣〉生を叩き伏《ふ》せる。同時、無色の前にいた生徒に、黒衣が投げたと思《おぼ》しきダガーが突き刺さった。

「お願いします、無色さん！」

「はい……！」

無色は体勢を崩した〈楼閣〉生を押しのけると、喰良に向かって一直線に駆けた。

するとそれを見てか、喰良がほんのりと頬を染める。

「きゃうん、むしピったら情熱的。カワイイ系かと思いきや、強引なトコもあるんすね。――んでもぉ、女の子のメイクアップを邪魔しちゃうのは御法度《ごはっと》っすよ？」

言って喰良が、チェーンソーの刃を地面に突き立てる。

ギャリギャリという凄《すさ》まじい音とともに巨大な棺桶《かんおけ》が出現し、その蓋を開けた。

「な――」

その中から飛び出してきたものを見て、無色は一瞬身体を硬直させてしまった。

だがそれも無理からぬことだろう。

何しろ棺《ひつぎ》の中から出てきたのは、〈楼閣〉生どころか人間ですらなく――

怒濤《どとう》の如《ごと》きゲル状の生物だったのだから。

「――〈スライム〉⁉」

喉から絶叫じみた声が漏れる中、無色の頭は存外冷静に、対する相手の正体を見取っていた。

そう。災害級滅亡因子〈スライム〉。しかもその大きさは、先日無色に襲いかかってきた融合個体を思い起こさせた。

そこで、思い出す。――あの〈スライム〉を倒したのもまた、喰良であったことを。

――彼女の第二顕現で斃《たお》されたものは、彼女に『死』を奪われ、その眷族《けんぞく》となる。

その言葉が真実だとするのならば道理。確かに喰良はあのときも、チェーンソー型の第二顕現を発現させていた。

「――無色！」

そこで後方から瑠璃の声が響き、身体が引き寄せられる。

どうやら【燐煌刃《りんこうじん》】の刃を変質させ、無色の身体を後方へ引っ張ってくれたらしい。一瞬前まで無色がいた場所に、〈スライム〉の身体がばしゃりと炸裂《さくれつ》する。

「ごめん、助かった、瑠璃！」

「いいから！　それより――」

瞬間。

瑠璃の言葉を掻《か》き消《け》すかのように、凄まじい破砕音と、目映《まばゆ》い光が生じた。

「…………っ！」

そして数瞬ののち、音と光が収まったとき。

封印区画の最奥には、無惨《むざん》に打ち砕かれた水晶の破片と、満足そうに唇を舐《な》める喰良の姿のみがあった。

「あ――ッ……はァ――」

陶酔感に身を任せるように、喰良が吐息を零《こぼ》す。

姿形は先ほどと変わらないのに、その立ち姿からは、先ほどまでにない異様な雰囲気が感じられた。

「……っ、心臓は、どこへ……」

瑠璃が表情に戦慄を滲《にじ》ませながら、絞り出すように言う。

するとそれに応えるかのように、黒衣が眉根に皺《しわ》を刻んだ。

「……融合術式。やはり」

「……！　融合術式って——」

黒衣の言葉に、無色は喉を絞った。

その名には聞き覚えがあった。——そう。今からおよそひと月前、瀕死《ひんし》の彩禍が、瀕死の無色と己の身体《からだ》を一つに合体させるのに用いたという魔術である。

それの意味するところ。つまり喰良は——

「へぇ。目端が利きますねぇ。メイドさんにしとくには惜しいくらいっす」

喰良は戯けるように言うと、くるりとその場でターンしてみせた。

「——ゴメーサツっす。アタシ様は、人間と滅亡因子の融合体《ハイブリッド》。まあ、っていっても、まだ『首』と『心臓』だけっすけどね。にゃはは」

言って、喰良が笑う。

そう。今ここにいる『無色』が、『玖珂《くが》無色』と『久遠崎《くおざき》彩禍』の融合体であるように。

——彼女は、『鴇嶋喰良』と〈ウロボロス〉の融合体であったのだ。

瑠璃が、油断なく第二顕現を構えながら、呻《うめ》くような調子で問う。

「……全部、このためだったたっていうの？」

「みゅん？」

「無色に近づいたのも、魔女様に勝負を挑んだのも——〈ウロボロス〉の心臓を取り込むためだったたっていうの⁉」

瑠璃の言葉に、喰良は小さく肩をすくめた。

「あー……勘違いしないで欲しいっす。確かに〈庭園〉に来た最大の目的は『心臓』の奪取っすけど、むしピにキュンキュンきちゃったのはホントなんすよ」

だって——と、喰良が続ける。

「——『あの女』をブッ倒した男の子だなんて……超滾《たぎ》っちゃうじゃないっすか。そりゃあどんな手を使ってでも、欲しくなっちゃいますよ」

「……っ！」

「…………」

喰良の言葉に、無色は小さく息を詰まらせ、黒衣はすっと目を細くした。瑠璃だけが不審そうに眉を歪《ゆが》める。

しかし、考えてみれば喰良がそれを知っているのも道理ではあった。彼女は今シルベルをも手中に収めているのだ。

——無色はふと、喰良と初めて出会ったときのことを思い返した。

そう。中央学舎の上から降ってきた喰良を受け止めたとき、喰良は無色のことを既に知っていたのだ。

その後瑠璃が走ってきて、交流戦代表に選ばれていることを伝えられたため、漠然とそれを見たのだろうと思っていたが――

喰良は、一体いつ、その告知を目にしたのだろうか。

瑠璃の性格的に言って、告知を目にしてから無色を探し始めるまでに間を置くとは思えなかったし、限られたフィールド内で無色を見つけ出すまでに長い時間を要するとも思えなかった。

――もしかしたらシルベルは、無色たちが思うよりもずっと早く、喰良の手中に落ちていたのかもしれなかった。

黒衣も似たような考えに至ったのだろう。何かを察したように言葉を零す。

「……なるほど。交流戦代表に無色さんが選出されたのも、あなたの仕業ですか」

「にゅふ。バレちゃいました？　むしピの勇姿が見たくてシル姉にお願いしちゃいました。ざっくりした記録だけは残ってましたけど、詳細は不明だったので。

――まあ結局、交流戦中が一番ここ来るのに都合よかったんで全然見られなかったんすけどねー。やー、アタシ様昔からどーもやりたいこと多くて計画倒れなトコがあってぇ。でもほら、そういうトコも可愛《かわい》げだったりしちゃいません？　なんて？　自分で言うことじゃないっすかね？」

喰良は気安い調子で笑うと、「んー……」と伸びをした。

「さぁーって……一番の目的は達しちゃったんで、さっさと退散しちゃいたいトコですけど――」

そしてそう言いながら、三日月形に歪められた双眸《そうぼう》で、無色たちの方を見てくる。

「――ちょうど今、棺桶に空きがあるんすよねぇ」

『…………！』

喰良の言葉に、無色たちは身体を緊張させた。

それを見てか、喰良が堪《こら》えきれないといった様子で頬を緩める。

「そんな怖がらないでくださいよぉ。

――老いも死もない天国へ連れていってあげようっていうんすから」

そう言った瞬間――

喰良の腹部を囲うように、二重螺旋《らせん》の界紋が現れた。

「……！　第四顕現――!?」

「うぅん、あんまり時間もかけてらんないんで、キメさせてもらいますね。『首』だけのときは上手《うま》くいかなかったっすけど、今ならなんかイケちゃう気がします――」

喰良は鋭い犬歯を見せつけるように凄絶な笑みを浮かべると、左右のチェーンソーを交差させた。

「第四顕現──【輪廻現生大祝祭《リインカーフェスト》】」

喰良がその名を唱えると同時。

喰良を起点とするように空間に亀裂が広がっていき、封印区画の景色を侵食していった。

そして、その風景が硝子《ガラス》の如く砕け散り──

一瞬あとには、周囲は『喰良の空間』へと変貌を遂げていた。

「な──」

見渡す限り広がる、打ち捨てられた墓地。けれどその黒い野に屹立《きつりつ》する墓標は、どれもこれも目が痛くなるようなビビッドカラーで構成されていたり、滑稽なキャラクターを模《かたど》っていたりした。

まるで趣味の悪いカートゥーンの背景のような景色。コミカルとホラーが歪《いびつ》に混じり合った混沌《こんとん》極まる空間。

しかしそれは、鵺嶋喰良という人間を表すのに、この上なく適当な表現であるように思われた。

「──さあ、起きてください。おねむの時間は終わりっすよ！」

喰良が両手を広げ、何かに呼びかけるように声を響かせる。

すると、それに応えるように、地面がボコボコと隆起したかと思うと、そこから、無数の人骨が這《は》い出《で》てきた。

「……⁉　なっ――」

「〈スケルトン〉……⁉　いえ、これは……」

無色と瑠璃が息を詰まらせると、喰良は小さく首を振った。

「やぁん、そんなホネホネ滅亡因子と一緒にしちゃかわいそうっすよ。――偉大なパイセンたちへの敬意ってもんがないんすか？」

「先輩……？　っ、まさか――」

瑠璃が何かを察したように目を見開く。

喰良は面白がるように微笑《ほほえ》みながら首肯した。

「そう。アタシ様の【輪廻現生大祝祭《リインカーフェスト》】は、その場所で命を落とした生物を呼び起こします。――何百年もの間、滅亡因子とドンパチを続けてきた〈庭園〉です。さぞ多くの魔術師サンたちが眠ってるでしょうねぇ……っと」

言いながら、ひょいとその場に飛び上がり、墓石の上に屈《かが》み込むような格好を取る。

そして妖《あや》しい笑みを浮かべながら、無色の方に目を向けてきた。

「――ねえ、むしピぃ。アタシ様と一緒に来ないっすか？　むしピのこと好きなのはホントなんすよ。もしもむしピがどーしてもイヤっていうんなら、むしピだけは特別に、『死』のあるままにしといてあげます。

ねぇ……アタシ様と一緒に、新しい〈世界〉を作りましょ？」

甘えるような口調でそう言い、小首を傾《かし》げてくる。

しかし無色は、微塵《みじん》の逡巡《しゅんじゅん》もなく首を横に振った。

「それはできない」

「あぁん、なんでっすか？」

「――彩禍さんを裏切るようなことは、できない」

「…………」

無色がきっぱりと言うと、喰良は一瞬不快そうな表情を覗《のぞ》かせた。

「……あはは、だったらまあ、仕方ないっすねぇ――」

しかしすぐに頬を緩めると、眼下に居並んだ骸骨たちを眺め、気安い調子であとを続ける。

「どうも皆さんあんまり肉付きがよろしくないっすけど、『首』と『心臓』だけじゃあこんなもんですかね。

――ま、数は十分です。さっさと終わらせちゃいましょう。

さあ皆さん。パーティーの時間です。希望は三人全員っすけど、最悪むしピだけでも構いません。むしピだけはアタシ様が直接『円環』に導いてあげるんで、殺さないように。ただし、あとでいくらでも再生はできるんで、手足くらいは取っちゃってもセーフとします☆」

喰良が注意するように言うと、地中から現れた骸骨たちは、カラカラと音を立てながら首肯した。

「よろしい。うんじゃあ参りましょう。

――イイイイッツ・ショォォォォタアアアアアイム！」

喰良の宣言とともに。

夥《おびただ》しい数の骸骨が、一斉に無色たちに襲いかかってきた。

「く……【燐煌刃《りんこうじん》】！」

瑠璃が第二顕現を操り、迫り来る骸骨たちを一掃する。

しかし崩れ去った骸骨たちは、間を置かず同じ形に組み上がると、進軍を再開してきた。

一体一体は大した相手ではない。しかし問題はその圧倒的な数としぶとさだった。このままではいずれ、押し切られてしまうだろう。

「──無色さん！」

黒衣も同じ判断をしたのだろう。無色の方に視線を寄越しながら叫びを上げてくる。

「…………！」

それ以上の言葉はなくとも、その意図は知れた。

そう。彼女は言っているのだ。──ここで存在変換をするしかないと。

「でも、ここには瑠璃が──！」

「背に腹は代えられません。この窮地を脱するには、それしかありません」

「……！　わかりました！」

黒衣の言うとおりである。秘密を守るためにやられてしまっては本末転倒だ。無色は覚悟を決めると、魔力供給を受けるべく、黒衣の方に足を向けた。

「──おぉっと、何をするつもりか知りませんけど、そうはさせませんよ？」

が、喰良がその動きに気づいたらしい。無色と黒衣を指し示すようにチェーンソーの先端を向けてくる。

するとそれに従うように、槍《やり》型の第二顕現を発現させた〈楼閣〉生が襲いかかってきた。

「く……っ！」

骸骨とは比べものにならない速度と精度。不意を衝《つ》かれたため、防御も回避も間に合わない。無色は迫り来る攻撃に備えて奥歯を噛《か》み締《し》めた。

だが――

「――危ない！」

次の瞬間、黒衣の声が響いたかと思うと、無色は鈍い衝撃とともに後方へと突き飛ばされた。

どうやら黒衣が助けてくれたらしい。

しかし無色がそれに気づいた時には――

「……!?　黒衣！」

黒衣の胸に、第二顕現の槍が深々と突き刺さっていた。

「か……は――っ――」

か細い吐息とともに、黒衣の口から血が弾《はじ》ける。

「う――ぁぁぁぁぁぁぁぁっ！」

無色はその光景に目を見開くと、手にした【零至剣《ホロウ・エッジ》】で槍を斬り上げた。

瞬間、槍型の第二顕現が光と消える。無色はそのまま身を捻《ひね》ると、くずおれる黒衣の身体《からだ》を抱き留めながら、〈楼閣〉生を蹴り飛ばした。

「――――」

苦悶《くもん》を漏らすこともなく、〈楼閣〉生が地面を転がっていく。

しかし無色はそんなもの気にも留めず、胸から血を流す黒衣に縋《すが》るように声を絞った。

「黒衣！　黒衣！　そんな……なんでこんな――」

「落ち着いて……ください。お忘れ……ですか？　わたしは――この程度では死にません
……」

「…………！」

言われて、無色はハッと肩を揺らした。

そう。あまりに衝撃的な光景に我を失いかけていたが、黒衣の身体は義骸《ぎがい》。もしこの身体が活動を停止したとしても、別の義骸へと魂が移動するだけだったのだ。

無色が落ち着きを取り戻したことを察したのだろう。黒衣は小さくうなずきながら続けた。

「ですが……これでは……満足に、魔力の供給が――できません。

仕方……ありません。不本意では……ありますが……」

そして、小さな声で『それ』を伝えたのち、微《かす》かに震える指で、無色の唇に触れてくる。

「――――」

「……あとは、頼みます。どうか……　わたしの〈庭園〉を――」

黒衣はそう言うと、それきり、何も言わなくなった。

それを視界の端に捉えたのだろう。瑠璃が夥しい数の骸骨を捌《さば》きながら声を上げてくる。

「く――黒衣!?　無色、緊急用の応急魔術は覚えてるわね!?　早く止血を――」

「……………」

しかし無色は、震える手で黒衣の身体をその場に横たえると、ゆっくりと立ち上がった。

義骸とはいえ、彼女の身体を放置することには抵抗がある。実際、噛み締めた唇からは血が滲《にじ》んでいた。

けれど、彼女が文字通り身体を張って助けてくれた命を、無駄にすることはできなかったのだ。

「――瑠璃」

無色は、静かにその名を呼んだ。

「何!?　諦めないで！　この場を凌《しの》げばエルルカ様がきっと――」

「――俺と、キスをしてくれないか」

無色の宣言に。

「……………………はぁっ!?」

瑠璃は、何を言っているのかわからないといった様子で、上擦った声を上げた。

そう。それが、黒衣が残した言葉と業《わざ》。

黒衣は最後の力を振り絞って、とある術式を無色の唇に残していったのだ。

――一時的にではあるが、黒衣以外からでも魔力を吸収することのできる術式を。

「な、なに言ってるのよこんなときに！　だ、駄目よ諦めちゃ！　いくら最後に思い出がほしいからって――」

しかしそんな事情など知る由《よし》もない瑠璃は、頰を真っ赤に染めながら悲鳴じみた声を上げてきた。そんな中でも薙刀《なぎなた》捌きに曇りがないあたりが、騎士の騎士たる所以《ゆえん》ではあったけれど。

「――お願いだ、瑠璃」

「いや、でも、そんな――」

「俺には瑠璃しかいないんだ」

「……！　そ、そんなこと言ったたって……」

「無理を言ってごめん。嫌なのはわかる。でも――」

「だ、誰も嫌とは言ってないでしょうがー！」

瑠璃がトマトのように顔を赤くしながら、ブンブンと【燐煌刃《りんこうじん》】を振り回す。集中を損なうどころか威力が上がっているような気さえした。頭部の界紋がかつてないほどギンギンに輝いていた。

「ワオ……やっぱそういうカンケーだったんすか。兄妹《きょうだい》で……禁断の愛っすね」

そんな様子をまじまじと見ながら、喰良が言ってくる。

「でも――アタシ様としちゃ見過ごせないっすねぇ。如何《いか》に妹サンとはいえ、愛しのむしピは渡さないっすよ――っと！」

喰良が号令を掛けるように手を掲げる。

するとその指揮に沿うようにして、無数の骸骨が波となって押し寄せてきた。

「ぬわ――っ⁉　む、無色――っ！」

「瑠璃……！」

骸骨の怒濤《どとう》に押し出されるような格好で、瑠璃が遠くへ追いやられてしまう。

否、それだけではない。その骸骨の群れのあとを追うようにして、一対《つい》のチェーンソーを嘶《いなな》かせた喰良が走ってきたのである。

「さあむしピ――ダンスの時間っすよぉ！」

「く……！」

無色は迫り来る喰良を睨《にら》み付《つ》けながら、悔しげに歯噛《はが》みした。

喰良は完全に勝負を決めるつもりだ。このままでは無色は、喰良の手によって『円環』

に取り込まれ、不死者とされてしまうに違いない。

そしてそれは取りも直さず、無色と身体を共有する彩禍をも、喰良の軍門に降《くだ》してしまうことに他ならなかった。

「そんなことは──させない！」

無色は第二顕現の柄を握りしめると、喰良を迎え撃つように構えを取った。

「ヒュウ──そうこなくっちゃ！」

無色の動きに気づいたのだろう。喰良がその行動を面白がるように唇を笑みの形にする。

「──いいっすよ。アタシ様が優しく抱きしめたげます！」

喰良は叫びを上げると、甲高い唸《うな》りを上げるチェーンソーを振り上げてきた。

速い──が、隙の多い大振り。

明らかに、喰良には油断があった。

不死の身体を持つゆえの間隙《かんげき》。如何《いか》な攻撃を受けようと死ぬことがないという絶対的な優位性《アドバンテージ》が、彼女の享楽主義的な性格を増長させ、危機感を麻痺《まひ》させているのだろう。

その僅かな糸が、無色に残された唯一の勝利への道だった。

「おおおおおお──ッ！」

無色は第二顕現を滑らせるように平突きの形にすると、そのまま喰良へと剣の切っ先を向けた。

——心を細く。

思い描くのは、彩禍の笑顔。

普通に考えれば、闘争の場には似つかわしくない思考。

けれど無色には確信があった。

無色が魔術を扱うためには、それこそがもっとも相応《ふさわ》しいビジョンであると。

なぜなら無色の第二顕現は、彩禍の身体を以《もっ》て芽生え、彩禍の声によって導かれ、彩禍を守るために生まれたのだから——！

「——【零至剣《ホロウ・エッジ》】——！」

頭上の界紋が輝きを増し、透明の剣が空気を裂く。

無色の第二顕現は、吸い込まれるように喰良へと奔《はし》っていった。

「【生々不転《エンドレッサー》】！」

同時、無色を双方から袈裟懸《けさが》けにするように、喰良のチェーンソーが振り下ろされる。

その中心点。チェーンソーがクロスしたポイントに、【零至剣《ホロウ・エッジ》】の切っ先が触れる。

嘶きを上げる巨大なチェーンソー二つと、頼りなげな剣一振り。通常であれば無色の攻撃ははじき飛ばされて終わりだろう。

が──

「──ほえ？」

無色の剣が喰良の【生々不転《エンドレッサー》】に触れた瞬間。

【生々不転《エンドレッサー》】に亀裂が入り、音もなく砕け散った。

「──！」

そんな光景を眺めながら、無色は剣の柄をさらに強く握りしめた。

──正直、これは賭けだったのだ。

何しろ無色自身、己の第二顕現が持つ力を完全に把握できているわけではなかったのである。

通常、魔術師は顕現体の組成に成功した瞬間、それが持つ力を本能的に察知するというが、彩禍の身体の記憶を以て半ば無理矢理魔術に目覚めた無色は、その点が不完全であったのだ。

しかし、『彼女』との戦い、そして哲牙、紫苑寺との戦いにおいて、無色は己の剣に一つの再現性を見いだしていた。

そう。程度の差こそあれ、無色の【零至剣《ホロウ・エッジ》】は、対した相手の顕現体を悉《ことごと》く破損させていたのである。

それが具体的にどのような意味を持つのかは未《いま》だわからなかったし、どんな原理でそのような効果が表れているのかもわからなかった。

けれど、もしも無色の推測が当たっているとするのなら。

無色の剣は、喰良の第二顕現をも破壊できるのではないかと考えたのである。

果たして【零至剣《ホロウ・エッジ》】は、【生々不転《エンドレッサー》】を砕くに至った。

——だが。

「……っ⁉」

無色は息を詰まらせた。

【生々不転《エンドレッサー》】が砕け散った次の瞬間、無色の振るった【零至剣《ホロウ・エッジ》】もまた、光と消えてしまったのである。

相打ち——否、無色の方は単純な魔力切れだろう。第二顕現を発現できるようになったばかりだというのに、長時間酷使し過ぎたのだ。

「にゃ——はァ——」

それを見て全てを察したのだろう。一瞬呆気《あっけ》にとられたような顔をしていた喰良が、再び笑みを浮かべた。

そう。先ほどの哲牙の例を見ればわかるとおり、魔術師は己の魔力が尽きない限り、再度顕現体を発現することが可能なのだ。

「ちょーっち驚きましたけど、限界みたいっすねぇ、むしピ」

喰良はそう言うと、再び下腹部の界紋を輝かせた。

「――――」

無色の予想通り、喰良の魔力はまだ尽きていない。一瞬あとには再度【生々不転《エンドレッサー》】を発現させ、無色に攻撃を加えてくるだろう。

そして第二顕現を失った無色に、それを防ぐ術《すべ》はない。

息の触れ合うような距離で肉薄する中、無色の脳裏に絶望が過《よ》ぎる。

しかし。

「あ――」

無色はそこで気づいた。

――気づいて、しまった。

何もなくなってしまったかと思われた己の手の中に、たった一つだけ、希望が残っていることに。

それは無色にとって、考え得る限り最悪の手段だった。この窮地でその可能性に気づいてしまった事実に対して後悔を覚えるほどに。

けれど――

（……あとは、頼みます。どうか……わたしの〈庭園〉を――）

その刹那、脳裏に黒衣の言葉が蘇り、無色は奥歯を噛みしめた。

嗚呼――己の甘さが嫌になる。

何のことはない。この土壇場に至ってなお、頭では理解できていても、覚悟が決まっていなかったのだ。

――目の前にいるのは誰だ。〈楼閣〉の魔術師一〇〇名以上を不死者とし、瑠璃や黒を傷つけ、今まさに〈庭園〉を破壊せんとする滅亡因子だ。

――そして自分は、一体彩禍に何を誓った。

――『彼女』に、何を託された……！

彩禍を守り、彩禍とともに、世界を救う。

それは決して容易な道ではない。

ならば躊躇《ためら》っている暇など、一瞬たりともありはしない――！

「――――っ！」

即断。無色は喰良が【生々不転《エンドレッサー》】を再発現させるより早く、足を踏み込んだ。

「へ――？」

そして、予想外の行動に唖然《あぜん》とする喰良の顔に手を触れると――

自分の唇を、喰良の唇に押し当てた。

「…………!?」

突然の接吻《キス》に、喰良が目を白黒させるのがわかる。

――黒衣以外の女性とのキス。その背徳的な感覚に、途方もない自己嫌悪《けんお》を覚える。

だが――これで、『条件』は満たされた。

無色は、もしも彩禍が求めるならば、その身体を返した上で腹を切ろうと心に決めながら、唇に施された術式を発動させた。

瞬間――

無色は、喰良の持つ膨大な魔力が、自分に流れ込んでくるのを感じた。

「……!?　……!」

何の前触れもなく無色にキスをされ、喰良は一瞬頭が真っ白になった。

――は？　なんで？　いきなり？　やん、むしピのえっち。

取り戻したばかりの心臓がドキンと跳ね、頭の中に疑問符と多幸感が広がっていく。

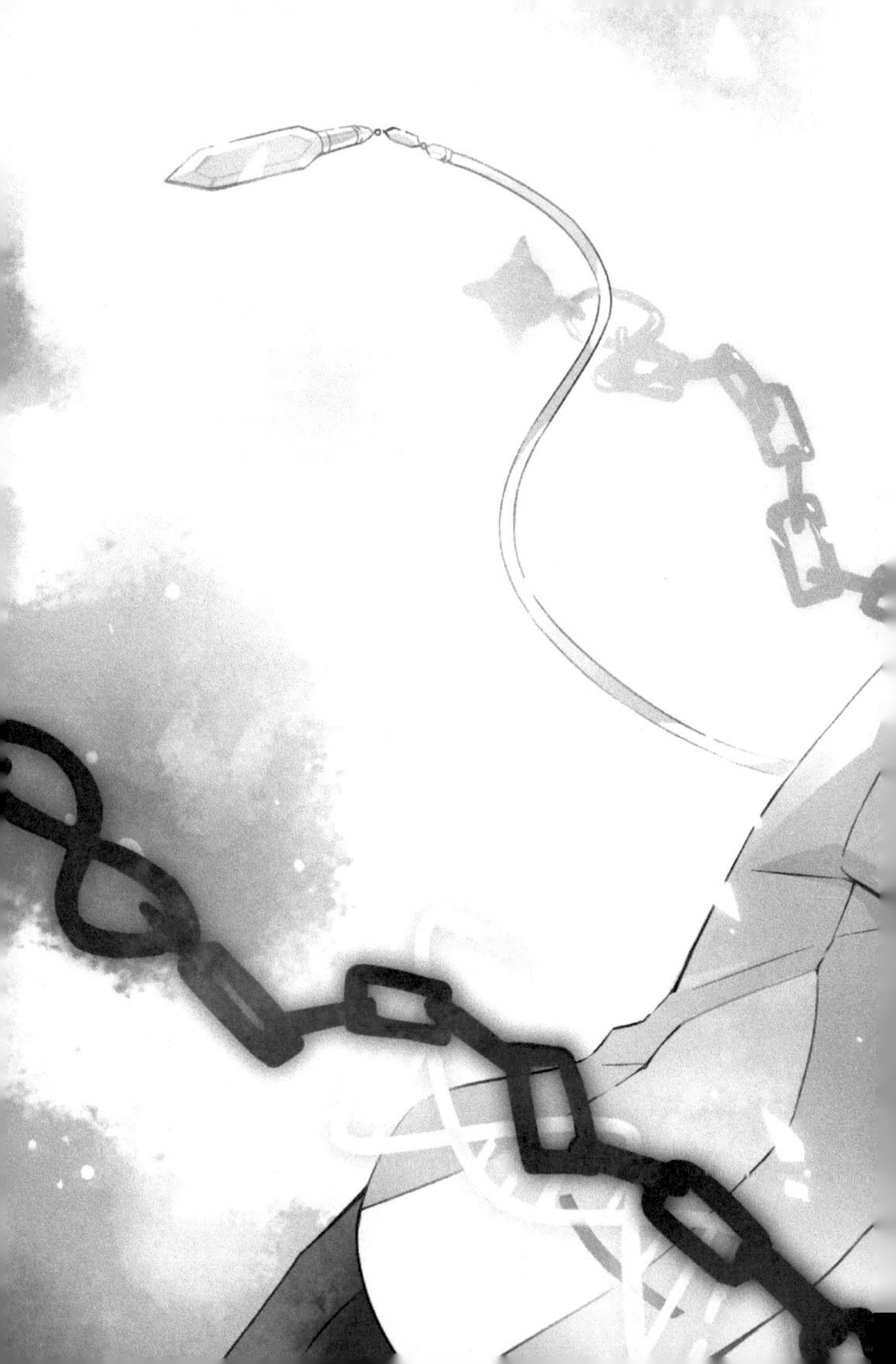

絶体絶命の淵《ふち》に立って、ようやく無色も腹をくくったということだろうか。ならば喰良としても、優しく受け止めてやらねばならない。何しろ彼は憎き『彼女』を倒した男であり、『彼女』から奪い取った男であるのだから――

しかし。

「――は――」

次の瞬間、喰良は素っ頓狂な声を漏らしていた。

それはそうだ。

何しろ目の前に迫った無色の身体が淡い光を帯びたかと思うと――その姿が、別のものへと変じていったのだから。

長い陽《ひ》色の髪。端整な面。そしてその直中に鎮座する極彩色《ごくさいしき》の双眸《そうぼう》。

そう。〈ウロボロス〉と融合した喰良が見間違えるはずがない。

それは紛れもなく――

「久遠崎、彩禍……！」

かつて〈ウロボロス〉を斃《たお》し、その身を二四に分割した、憎き女の姿であった。

「喰良」

彩禍が、静かに唇を動かしてくる。

けれどそれは、喰良の知る『彩禍』の口調とは、少しだけ異なる気がした。

「君は、〈楼閣〉の人たちから『死』を奪い、黒衣や瑠璃を傷つけた。そして、彩禍さんの大切な〈庭園〉を壊そうとしている。

——絶対に、許すことはできない」

「……っ⁉」

脳が混乱《バグ》る。その声は確かに彩禍のものだったのだが、彼女が纏《まと》う雰囲気は、愛しのむしピのものであったのだ。

「……君にも事情があるのかもしれない。君にも理由があるのかもしれない。けれど、そのために彩禍さんの大切なものを奪おうというのなら——」

静かな決意とともに、続ける。

「俺は、その一切を踏み躙《にじ》り、君を倒そう」

彩禍はそう言うとゆっくりと目を伏せ——再度その極彩の双眸を露《あら》わにした。

そのときにはもう。

そこにいる人間は、完全なる『久遠崎彩禍』と化していた。

不敵な笑みを湛《たた》え、彩禍が唇を動かす。

「悪いが、無色は君とは付き合えないそうだ。

——先ほどのキスは別れのキスだ。諦めたまえ」

そして短く拒絶の言葉を述べると。

彩禍はその頭上に、魔女の帽子の如《ごと》き四画の界紋を展開させた。

「万象開闢《ばんしょうかいびゃく》——」

——朗々と。

無色の喉から、美しい声が発される。

それは無色の声であって無色の声ではない。

久遠崎彩禍。極彩の魔女の名で呼ばれる最強の魔術師の紡《つむ》ぐ言の葉。

実際、己の喉が震える感覚こそあるものの、無色はそれを半ば無意識のうちに唱えていた。

「斯《か》くて天地は我が掌《て》の中」

視界を、幻想的な極彩色の光が照らしていく。

それは彩禍の魔力の光。頭上に連なる四つの界紋の輝き。

その光を起点とするように周囲の景色が歪《ゆが》み——

世界が、塗り変わっていく。

彩禍の身体へと存在変換を果たした無色は、全身に漲《みなぎ》る全能感の中、第四顕現を発現した。

「恭順を誓え。

――おまえを、花嫁にしてやる」

薄暗い墓地の景色が、果てさえ知れない蒼穹《そうきゅう》に上書きされる。

そしてその天と地から、夥《おびただ》しい数の摩天楼が、獣の顎《あぎと》の如く喰良に迫っていった。

これが彩禍の第四顕現。彼女が最強の魔女たる所以《ゆえん》。

取り込まれたもの全てを屠《ほふ》る、窮極絶対の都市迷宮である。

「――――――」

喰良は半ば呆然《ほうぜん》とした様子で第四顕現に身を任せていたが、やがて彩禍と化した無色の貌を見つめると、

「――ああ、そういうコトっすか――」

全てを察したように、声を漏らした。

「なんだそれ。ずっこいの。むしピとアンタが一緒だなんて――そんなの、最初から入り込む余地ないじゃん」

――それが、喰良の発した最後の言葉。

彼女の身体は風に舞う芥《あくた》の如く、巨大な建造物の群れに飲み込まれていった。

終章　背信者喰良《くらら》

「瑠璃《るり》、大丈夫？」

「……ええ、なんとかね」

彩禍《さいか》の第四顕現が全てを覆い尽くし、喰良《くらら》を屠《ほふ》ったあと。

無色《むしき》は、地下封印区画の隅にいた瑠璃の元に駆けていった。

ちなみに無色の身体《からだ》は今、『玖珂《くが》無色』のものである。やはり黒衣《くろえ》以外からの魔力共有はイレギュラーだったのか、第四顕現を解除すると同時、この姿に戻ってしまったのだ。

──決して、無色が彩禍のボディに興奮してしまったわけではない。たぶん。

元の景色へと戻った封印区画には今、無色と瑠璃、そしてボロボロになって倒れ伏した喰良の姿がある。不死の身体を持つ以上死んではおるまいが、完全に意識を失っているようだ。今のうちに拘束を施しておいた方がよいだろう。

と、そこで瑠璃が、悔しげに顔を歪《ゆが》めた。

「……黒衣。私が……私が万全の状態だったら……」

「……瑠璃のせいじゃない。自分を責めないで」

「でも――」

「――お呼びですか？」

と、瑠璃が言いかけたところで、黒衣が無色の後ろからぬっと顔を出した。

「うっ、うわぁぁぁぁぁぁぁぁぁぁぁぁぁぁぁぁ――――っ!?」

瑠璃が絶叫を上げる。しかし黒衣は狼狽《うろた》えた様子もなく、小首を傾《かし》げてみせた。

「おや、大丈夫ですか騎士不夜城《ふやじょう》」

「な、なななななななんで生きてるの!?　は――っ、まさか黒衣、不死者に……!?」

「誰が不死者ですか」

黒衣が少し不満そうに言う。無論、彼女は不死者などではない。今ここにいるのは魂の移った予備の義骸《ぎがい》だろう。服はそれらしく血糊《ちのり》でカモフラージュしてあったが、肌に傷は見受けられなかった。倒れた義骸は回収したか、物陰に隠してあるに違いない。

しかしそんな事情など知らない瑠璃は、混乱した様子で黒衣に指を突きつけた。

「いやだって完全に死んでたじゃない！　槍《やり》が胸貫通してなかった!?」

「乱戦の中だったので見間違えたのでしょう。実はさほどの深手ではありませんでした」

「そ、そうなの……？」

瑠璃は未《いま》だ怪訝《けげん》そうな顔をしていたが、本人がピンピンしている以上信じざるを得ないと判断したのだろう。やがて黒衣の手を取って立ち上がった。

黒衣は瑠璃を引き起こしたのち、二人の顔を見ながら小さくうなずいた。

「──それよりも。よくやってくださいました、騎士不夜城。それに無色さん。〈庭園《ていえん》〉はあなた方のお陰で救われたと言っても過言ではありません」

「……過言よ。私たちは終始喰良に翻弄されっぱなしだった。結局最後は魔女様が──」

と、そこで何かを思い出したように、瑠璃が眉を揺らし、無色の方を見てきた。

「…………」

「瑠璃？」

「ああ……いえ。なんでもないわ。それより、魔女様は？　骸骨たちに囲まれてたからよく見えなかったけど──あの第四顕現は魔女様よね？」

「ああ……うん。喰良を無力化したあと、すぐどこかへ行かれたみたい」

無色が誤魔化すように言うと、瑠璃は怪訝そうに眉をひそめた。

「……あの土壇場《どたんば》で現れて、発動済みの第四顕現に外部から侵入して、一瞬で喰良を倒したあと、姿も見せずに立ち去ったっていうの？」

「そ、それは……」

さすがに都合が良すぎただろうか。無色はたらりと汗を垂らした。だが――

「そんなの格好よすぎじゃん……」

彩禍への評価の高さが、違和感を吹き飛ばしてくれたようである。それにどうやら、無色が彩禍になったところも見られてはいないらしい。無色は額に汗を滲《にじ》ませながら、ほうと安堵《あんど》の息を吐《つ》いた。

するとき瑠璃もまた気を取り直すように小さく吐息し、無色たちの方に向き直ってくる。

「……ともあれ無事でよかったわ。本当、黒衣がやられたときはどうしようかと……」

と。瑠璃がそこで言葉を止めた。そして、顔をかぁっと真っ赤に染める。

「瑠璃？　どうかしたの？　顔が赤いけど……」

「い、いや、別にそんなことないけど……あの、黒衣が倒れたあとのあれって……」

「あれ……？」

言われて、無色はハッと肩を震わせた。

そう。結局未遂に終わったとはいえ、無色は瑠璃にキスを要求してしまっていたのだ。

それを思い出すと同時、無色はその場に膝を折り、地面に手を突いて頭を下げた。

「ごめん！」

「え……ええっ⁉」

突然の謝罪に驚いたのか、瑠璃がビクッと身体を震わせる。しかし無色は構うことなく、深々と頭を下げたまま続けた。

「やむを得なかったとはいえ、瑠璃の気持ちも考えずにあんなこと……本当にごめん」

「そんなに謝らなくても……まあほら、気持ちもわからなくはないっていうか……」

と、そんな問答をしていると、エレベーターの方から何やら物音が響いてきた。

ほどなくして、狼《おおかみ》に跨《また》がったエルルカがやってくる。激しい戦いを繰り広げてきたかのように、羽織った白衣の裾が焼け焦げていた。

「──おお、ご苦労じゃったの二人とも。何とかなったようじゃな」

「エルルカ様──」

その来訪に気づいた瑠璃が居住まいを正し、そちらに向く。

「ご無事で何よりです。紫苑寺《しおんじ》学園長は？」

「どうにか拘束して他の者に任せてきた。〈楼閣《ろうかく》〉生も粗方捕らえたし、シルベルの方はサーバーをネットワークから物理的に遮断することでひとまず事なきを得た。……まあ、被害状況を確かめるのは今から憂鬱じゃがの」

エルルカはそう言うと、封印区画の奥で倒れている喰良に目をやった。

「──あれか。今回の騒動の首魁《しゅかい》は」

「はい。神話級滅亡因子《マイソロジア》〈ウロボロス〉と融合を果たした人間——だそうです」

「……何を求めたのかは知らぬが、馬鹿な真似《まね》を」

エルルカは顔を歪めると、狼の背から降り、喰良のもとへ歩いていった。

そしてその状態を確かめるように身体に触れ——ぴくりと眉を揺らす。

「なんじゃと……？」

「……？　どうしたんですか？」

無色が問うと、エルルカは喰良の服をむんずと摑《つか》み、その身体を仰向《あおむ》けにした。

そして首に手を当てたのち、戦慄とともに告げる。

「——死んでおる」

「え……？」

エルルカの言葉に、無色と瑠璃は目を丸くした。

◇

——〈空隙《くうげき》の庭園〉の敷地《しきち》外。ひとけのない野山を、奇妙なものが這《は》いずっていた。

大きさはせいぜい二〇センチほどだろう。中央に眼球のような球体を有した、ゲル状の物体である。

やがて、その物体は適当なところで行軍を止めると——全身を震わせるようにして、ペッ、と中の眼球を吐き出した。

するとほどなくして、眼球の表面がボコボコと泡立つように隆起を始め、急速にその体積を増していった。

眼球の奥から視神経が生え、肉を形成し、血が溢《あふ》れ、骨が形作られていく。次いでそれらを覆うように滑らかな皮膚が生み出されていき、その表面から髪が生えていった。

数分と待たず、そこには、一糸纏《まと》わぬ姿をした少女が誕生した。

否《いな》——再生、と言った方が適当だったかもしれなかったけれど。

そう。敗北を悟った喰良は、〈スライム〉の破片に自分の『一部』を託し、〈庭園〉の外へと逃がしていたのである。

「——ふぃー……っ」

人の形へと戻った喰良は、手足を投げ出すように地面に横たわり、大きく息を吐いた。

「さすが久遠崎《くおざき》彩禍。『首』と『心臓』だけじゃ勝てねーっすか」

明確な敗北宣言。けれどその声に、悲観は微塵《みじん》も含まれていなかった。

それはそうだ。何しろ喰良は、当初の目的を全て達していたのだから。

一つは〈庭園〉に不死者を送り込み、混乱に乗じて『心臓』を奪取すること。

一つは、〈庭園〉管理ＡＩを手中に収めることによって、残る二の身体の在処の情報を得ること。

それに――

「――にしても、思わぬ収穫でしたねぇ……」

喰良はニッと笑うと、身体を起こし、指笛を吹いた。

するとそれに呼ばれるように、羽の生えたスマートフォンが飛んでくる。

「さぁて――もうアタシ様のことは〈庭園〉の皆サンに知られちゃってるわけだし……せっかくなら派手にいっときますか。あいにく全裸っすけど……まあ、肩から上だけ映せば大丈夫っすよね。サービスサービス」

喰良はスマートフォンを操作すると、ＭａｇｉＴｕｂｅの生配信を開始した。

「――やっぴー！　クララちゃんねるの時間っすよー。

クララメートのみんな。今日もクラクラしちゃってるー？

はい、というわけでね。今日はちょっと変わった時間に放送っす。まあほら、アタシ様くらいになるとね？　いろいろあるんすよいろいろと――」

◇

『ラチがあかないんでね。いきますよ。クララの将来の夢ベスト3ー！

第3位！　チャンネル登録者もーっと増やすこと！

第2位！　愛《いと》しの彼ピを作ること！』

「…………」

無色たちは、信じがたいものでも見るような目で、MagiTubeの生配信を見ていた。

そう。喰良が死んでいることに驚いていたところ、地上から、喰良が生配信をしているとの情報が入ったのである。

『そして第1位はぁ――――』

全裸の喰良がテンション高く言いながら、ニィッと唇を笑みの形にする。

『――残る身体《からだ》を全部集めて〈庭園〉の魔女をブッ殺し、新たな〈世界〉を手に入れる』

「…………！」

喰良の宣言に。無色をはじめとした面々は、小さく眉根を寄せた。

突然の宣言に、驚愕《きょうがく》を示すコメントが次々と投稿される。喰良はそれを目で追うような仕草を見せると、親指で首を掻《か》き切るような動作をした。

『アタシ様の名は〈ウロボロス〉。かつて魔女に敗れし神話級滅亡因子。

アタシ様は本気っすよ。待っててくださいね、むしピ。アタシ様、あれっくらいじゃ諦めてあげませんから。

　――とはいえまあ、今のトコ暴露系配信者になるつもりはないんで安心してください。ヒミツの共有ってのも、特別なカンケーっぽくていいモンですしね。なんて。にゃは。うんじゃあ、クラフっしたー』

　そこでプツンと配信が切られる。

　瑠璃たちはしばしの間唖然《あぜん》としていたが、やがて憤然と息を吐いた。

「……ふざけてくれるわね。なんなのこれ」

「宣戦布告――と取るべきでしょうか」

　何にせよ、と黒衣が続ける。

「すぐに捜索隊を派遣すべきでしょう。彼女を放置しておくのは危険に過ぎます」

「じゃな。――狼の鼻が必要じゃろう。わしが出る。瑠璃も乗るがよい」

　言って、エルルカが再度狼の背に跨る。瑠璃は首肯しながらその後ろに乗った。

「はい。必ず喰良は私が――」

「いや、ぬしはまず怪我《けが》の治療が先じゃ。自分の状態をわかっておらぬのか」

「むぐ……」

エルルカに言われ、瑠璃が口をつぐむ。エルルカはそれを了承と受け取ったのか、「よし」とうなずいた。

「――では、わしらは先に行く。黒衣、封印処理班を手配しておくゆえ、少しの間ここで死体を監視しておいてくれぬか。相手は〈ウロボロス〉。何が起こるかわからぬでな」

「お任せください。――ちょうど無色さんにお話もありましたので」

黒衣が言うと、エルルカは狼を駆り、元来た道を戻っていった。

「…………」

狼の背に乗り、エルルカの背にしがみつくようにしながら、瑠璃はモヤモヤと考えを巡らせていた。……喰良がどうやって逃げ延びたのかとか、こんな大変なときに不甲斐《ふがい》ないとか、黒衣ホントにあれ致命傷じゃなかったの？　とか、様々なことが頭を駆け巡る。

けれどももっとも大きく瑠璃の思考を占めていたのは、とある一つの事柄だった。

そう。喰良が無色に襲いかかった瞬間、骸骨の群れの隙間から、一瞬とあるものが見えてしまった気がしたのである。

――無色が喰良にキスをし……その姿が彩禍のものに変わったように見えたのだ。

「……エルルカ様」

「ん？　なんじゃ」

「…………、いえ、なんでもありません」

さすがに荒唐無稽に過ぎる。単純な見間違いかもしれなかったし、あのときは喰良の第四顕現が展開されていた。何らかの幻覚という可能性もあるだろう。

瑠璃は心の蟠《わだかま》りを振り払うように首を振ると、エルルカにしがみつく手に力を込めた。

「――無色さん」

エルルカたちを見送ったのち。

二人きり（喰良の死体はあるが）となった封印区画で、黒衣が話しかけてきた。

「改めて感謝を。よくわたしの意を察し、喰良さんを止めてくださいました」

「……はい。でも、俺は……」

悔恨の表情で無色が答えると、黒衣は小さく首を振った。

「喰良さんの逃亡は無色さんのせいではありません。……無色さんの秘密を知られてしまったことは憂慮すべきですが――今のところ口外はしていないようです。他の誰かに知られる前に捕らえれば問題ないでしょう」

「いえ、まあ、はい。それもあるんですが」

「……?」

黒衣が不思議そうに首を傾《かし》げてくる。無色は重苦しい口調で吐き出すように言った。

「俺は……やむを得なかったとはいえ、黒衣以外の女の人と……キスを……ッ――」

「………………」

無色が両手を戦慄《わなな》かせながら言うと、黒衣は呆《あき》れるように半眼を作った。

「そんなことで悩んでいたのですか。気にすることはありません。そうしなければ魔力の補給はできなかったのです。正しい判断でした」

「でも――」

無色が眉根を寄せると、黒衣はやれやれといった様子で肩をすくめた。

「――無色。君はわたしと、世界を救うと言ったね？　あの言葉は嘘《うそ》だったのかな?」

そして、彩禍の口調でそう言ってくる。無色は小さく肩を揺らした。

「……!　それは……」

「君の選んだ道は、覚悟なくして進めるほど容易《たやす》くはないよ。唇一つで強敵が倒せるのならば、何を躊躇《ためら》う必要がある。――むしろわたしは、君が土壇場《どたんば》で日和《ひよ》らなかったことを嬉《うれ》しく思っているのだけれどね」

「…………」

無色が無言でいると、黒衣はからかうような口調で続けてきた。

「それとも、別の誰かと口付けをすると、わたしへの想《おも》いが揺らいでしまうのかな？」

「それはあり得ません」

即答する。黒衣は一瞬キョトンとしたのち、可笑《おか》しそうに笑った。

「ならば、何の問題がある。――必要とあらば躊躇うな。最後にわたしのもとに戻ってくればそれでいい」

「……はい」

無色は決意と覚悟を込め、拳を握りながらうなずいた。

が、そこでふと一つの疑問が湧き上がってくる。気づいたときには、無色はそれを問いにしてしまっていた。

「やっぱり……彩禍さんも、ずっとそうしてきたんですか？」

「ん？」

すると黒衣は小さく首を傾げたのち、面白がるように半眼になった。

「――その質問は、『権利』の行使と捉えてよいのかな？」

「あ――」

言われて、無色は目を丸くした。確かに無色は先の訓練の際、彩禍に質問する権利を取得していた。だが結局、何を問うかを迷ってまだ行使できていなかったのだ。

無色はこくんと喉を鳴らすと、躊躇いがちに首肯した。

すると黒衣が、無色の身体をぐいと壁に押しつけてくる。

「え？　あ、あの――」

「事後処理のため、『彩禍』になる必要があるだろう？　存在変換をさせてもらうよ」

黒衣はそう言ってゆっくりと顔を近づけてくると――

「――キスは、君が初めてだよ」

唇が触れる寸前、囁《ささや》くようにそう言った。

「――――」

無色が発そうとした声は、次の瞬間、黒衣の唇によって塞がれてしまった。

あとがき

やっぴー！　公司《こうし》ちゃんねるの時間っすー。

というわけで、『王様《おうさま》のプロポーズ2　鴇羽《ときは》の悪魔《あくま》』をお送りいたしました。如何《いかが》でしたでしょうか。お気《き》に召《め》したなら幸いです。

今回も表紙が素晴らしい出来でございます。ヒュウ……なんてキャラデザだ。2巻登場キャラにしてはちょっと攻め気味かとも思いましたが、出し惜しみはよくないということで、事前に考えていた中でもお気に入りのキャラを登場させてみました。

ちなみに名前は鴇嶋喰良《ときしまくら》。ときしまくらと読みます。ほんとぉ？

彩禍《さいか》の『禍』の字もそうなのですが、キャラクターの名前に普通使わない字を入れるのが好きだったりします。創作物でしかあり得ない感じが好きなのかもしれません。ただ、読みまで特殊だとアクが強すぎるので、読み方は比較的平易《へいい》にすることが多いです。

発音が少し特殊な例としては黒衣《くろえ》でしょうか。読みはそのまま「くろえ」なのですが、発音はフランス語の「クロエ」のイメージです。公司は当たり前に「クロエ」と読んでいたのですが、字面《じづら》だけじゃ伝わらないかも……と思ったのでここに記《しる》しておきます。

さて今回も、様々な方のおかげで本を出すことができました。

イラストレーターのつなこさん。いつもながら素晴らしいイラストをありがとうございます。喰良はいつにも増してピーキーな発注だったと思いますが、非常に上手《うま》く纏《まと》めてくださいました。その手腕に脱帽《だつぼう》です。

デザイナーの草野《くさの》さん。今巻のデザインも超カッコイイです。一巻の表紙が『1』だっただけに、2巻が出てホッとしております。

担当氏。毎度毎度お世話をおかけしています。次こそは……次こそは必ずや余裕のある進行を……！（魔王に進言する四天王の如《ごと》き固い固い決意）

編集部の方々、営業、出版、流通、販売に関わってくださった全ての方々、そして今この本を手にとってくださったあなたに、大輪の花束のような感謝を。

さて、では次は『王様のプロポーズ』3巻でお会いしましょう。

二〇二二年三月　橘《たちばな》　公司

富士見ファンタジア文庫

王様《おうさま》のプロポーズ2

鴇羽《ときは》の悪魔《あくま》

令和4年4月20日　初版発行
令和4年6月10日　3版発行

著者――橘《たちばな》　公司《こうし》

発行者――青柳昌行
発　行――株式会社KADOKAWA
〒102-8177
東京都千代田区富士見2-13-3
0570-002-301（ナビダイヤル）
印刷所――株式会社KADOKAWA
製本所――株式会社KADOKAWA

本書の無断複製（コピー、スキャン、デジタル化等）並びに無断複製物の譲渡および配信は、著作権法上での例外を除き禁じられています。また、本書を代行業者等の第三者に依頼して複製する行為は、たとえ個人や家庭内での利用であっても一切認められておりません。

※定価はカバーに表示してあります。
●お問い合わせ
https://www.kadokawa.co.jp/（「お問い合わせ」へお進みください）
※内容によっては、お答えできない場合があります。
※サポートは日本国内のみとさせていただきます。
※Japanese text only

ISBN978-4-04-074076-8 C0193　◆◇◇

©Koushi Tachibana, Tsunako 2022
Printed in Japan

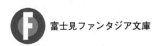

切り拓け！キミだけの王道
ファンタジア大賞
原稿募集中！
賞金
《大賞》300万円
《金賞》50万円
《銀賞》30万円
選考委員
細音啓「キミと僕の最後の戦場、あるいは世界が始まる聖戦」
橘公司「デート・ア・ライブ」
羊太郎「ロクでなし魔術講師と禁忌教典《アカシックレコード》」
ファンタジア文庫編集長
前期締切 8月末日
後期締切 2月末日
公式サイトはこちら！ https://www.fantasiataisho.com/
イラスト／つなこ、猫鍋蒼、三嶋くろね